新日本語能力測驗對策

N5檢定

文字、語彙　突破

系統化日語學習的魔法書

李宜蓉　編著

鴻儒堂出版社

前　言

　　本書是針對欲準備參加新日本語能力測驗‧N5檢定的人所編寫的考試用書。N5檢定的測驗項目共分成四個部分：

　　一、「言語知識（文字‧語彙）」

　　二、「言語知識（文法）‧讀解」

　　三、「聽解」

　　本書主要為加強「文字‧語彙」部分之用書。「文字‧語彙」的檢定內容主要包含四項：1.由漢字選擇讀音、2.由平假名選擇漢字或其片假名的寫法、3.根據句子選擇最適當的單字、4.由例句選擇意義相同的文句。所以參加測試者除了要記住漢字讀音外，還必須能判讀句子的意義，才能掌握「文字‧語彙」的得分。

　　本書的內容構成以「日本語能力試驗出題基準」一書與歷屆考古題為主要參考資料，融入筆者多年的教學經驗，以簡明的解說方式加以編寫完成。筆者在編寫本書過程中，曾多次調查詢問學習日文的學生們意見，故本書的編排係為使用者的需求而設計，期能儘量在內容架構與編排解說方式上，提高閱讀時的學習效果。

李　宜　蓉

本書的章節與特色

一、名詞篇－將名詞分大類歸納整理，並於名詞篇最後設計了一份活用的「自我測試表」以提供學習者有效的複習工作。

二、形容詞篇－歸納整理意義相反的形容詞及意思相關的形容詞，並於形容詞篇最後設計了一份活用的「自我測試表」以提供學習者有效的複習工作。

三、動詞篇－動詞意義及用例說明，並將較難的「自、他動詞」以左右對照方式陳列，以期便於學習者系統化了解與記憶。

四、動詞充電篇－將「授與動詞」、「名詞＋する」等動詞的用法作一整理，詳細解釋之，並以例題輔助解說。

五、挑戰篇－仿照各級檢定出題模式，讓學習者模擬測驗，以熟悉考試方式。

六、附錄－包含必考的「時間」、「量詞」等的補充。

目　次

－形容詞篇－

「日本語能力試驗」新舊制度比較

　　「日語能力測驗」是測試、認定非以日語爲母語的人士之日語能力的測驗。2010年起日語能力測驗的考試制度有所變更，在2級與3級間再增加一個級數，即測驗級數由四個級數改爲五個級數，爲N1、N2、N3、N4、N5。

　　N1　難易度比舊制一級稍難，合格基準與舊制一級相當。

　　N2　難易度與舊制二級相當

　　N3　難易度介於舊制二級與三級之間（新設）

　　N4　難易度與舊制三級相當

　　N5　難易度與舊制四級相當

　　「N」是表示「Nihongo（日語）」、「New（新的）」。

　　測驗內容分成文字・語彙・聽解・讀解・文法五個領域。

　　N4、N5 測驗科目含「言語知識（文字・語彙）」、「言語知識（文法）・讀解」、「聽解」三科，分項成績爲「言語知識（文字・語彙・文法）・讀解」、「聽解」二項。

N5 文字・語彙

―名詞篇―

學習建議：本篇將名詞歸納為20類來進行編排，各類並附**例句及片語提示**。**充電站**為該類名詞的重點說明。

建議學習者依「**單字**⇨**例句**⇨**片語**⇨**充電站**」循序有系統的學習，最後再確實地完成「**自我測試**」的部份，可達最佳的學習效果。

1．顔色（色）

日文單字	中文意義	日文單字	中文意義
1 黄色（きいろ）	黄色	2 赤（あか）	紅色
3 青（あお）	藍色	4 黒（くろ）	黑色
5 白（しろ）	白色	6 茶色（ちゃいろ）	褐色
7 緑（みどり）	緑色		

例句

(1) 田村（たむら）：木村（きむら）さんは　何色（なにいろ）が　好（す）きですか。

　　（木村小姐、你喜歡什麼顏色？）

　　木村（きむら）：私（わたし）は　緑（みどり）が　好（す）きですね。

　　（我喜歡綠色。）

(2) すみません、あの茶色（ちゃいろ）のかばんを　見（み）せて　ください。

　　（抱歉，請讓我看一下那個褐色的皮包。）

★充電站

赤信号（あかしんごう）　⇒　紅燈

青信号（あおしんごう）　⇒　綠燈

黄信号（きしんごう）　⇒　黃燈

２．天氣（天気）

日文單字	中文意義	日文單字	中文意義
8　雨	雨天	9　曇り	陰天
10　晴れ	晴天		

例句

(1) 外は　もう　晴れですよ。

（外面已經放晴了。）

(2) 昨日　一日中　曇りでした。

（昨天一整天都天陰陰的。）

３．動物（動物）

日文單字	中文意義	日文單字	中文意義
11　犬	狗	12　猫	貓
13　ペット	寵物	14　鳥	鳥

例句

(1) この店は　ペットの入店は　禁止ですよ。

（這家店禁止帶寵物進店裡的。）

(2) 私の家では　猫を　飼っています。

（我家有養貓。）

4. 季節（季節）

日文單字	中文意義	日文單字	中文意義
15 春<ruby>春<rt>はる</rt></ruby>	春天	16 夏<ruby>夏<rt>なつ</rt></ruby>	夏天
17 秋<ruby>秋<rt>あき</rt></ruby>	秋天	18 冬<ruby>冬<rt>ふゆ</rt></ruby>	冬天

例句

(1) 私は 四つの季節で 秋が 一番 好きです。

（四個季節裡，我最喜歡秋天。）

(2) この果物は、夏しか ありませんよ。

（這種水果只有夏天才有。）

【〜しか 〜ません：只有〜】

5. 職業（仕事）

日文單字	中文意義	日文單字	中文意義
19 おまわりさん	警察；巡警	20 警官	警察
21 先生	老師	22 学生	學生
23 教師	教師	24 生徒	學生（指高中以下）
25 留学生	留學生	26 医者	醫生

例句

(1) お仕事は　何ですか。

　　（你的工作是什麼？）

　　日本語の教師です。

　　（是日文老師。）

(2) お仕事は　何を　していますか。

　　（你的工作是什麼？）

　　警官を　しています。

　　（是警察。）

(3) 道が　わからなかったら、おまわりさんに　聞いても　いいです。

　　（不知道路的話，可以問警察。）

　　　　　　　　　　　　　　　　　　　　【聞いても　いいです：可以問】

　★充電站

　　日文用來表所從事的職業時的句型，如(1) 、(2)兩種句型皆可。

　【（職業）です、（職業）をしています】

14

6. 家人稱謂（家族の呼び方）

日文單字	中文意義	日文單字	中文意義
27 ご両親	（您的）雙親	28 両親	（我的）雙親
29 お父さん	（您的）父親	30 父	（我的）父親
31 お母さん	（您的）母親	32 母	（我的）母親
33 ご兄弟	（您的）兄弟姊妹	34 兄弟	（我的）兄弟姊妹
35 お兄さん	（您的）哥哥	36 兄	（我的）哥哥
37 お姉さん	（您的）姐姐	38 姉	（我的）姐姐
39 妹さん	（您的）妹妹	40 妹	（我的）妹妹
41 弟さん	（您的）弟弟	42 弟	（我的）弟弟

日文單字	中文意義	日文單字	中文意義
43 伯父さん；叔父さん	（您的）伯父；叔父；舅舅；姑丈等或指中年男子	44 叔父；伯父	（我的）伯父；叔父；舅舅；姑丈等
45 伯母さん；叔母さん	（您的）伯母；嬸嬸；舅媽；姑媽等或指中年婦女	46 叔母；伯母	（我的）伯母；嬸嬸；舅媽；姑媽等
47 おじいさん	（您的）祖父	48 祖父	（我的）祖父
49 おばあさん	（您的）祖母	50 祖母	（我的）祖母

日文單字	中文意義	日文單字	中文意義
51 子供さん お子さん	（您的）小孩	52 子供	（我的）小孩
53 娘さん	令嬡；千金	54 娘	（我的）女兒
55 息子さん	令郎；公子	56 息子	（我的）兒子
57 ご主人	（您的）先生	58 主人	（我的）先生
59 奥さん	（您的）太太	60 家内；妻	（我的）太太
61 孫さん	（您的）孫子	62 孫	孫子

★充電站

家人稱謂的用法

　左列：①說話者向聽話者提及聽話者的家人時使用。

　　　　②自己直呼家人時使用。

　右列：說話者對他人提及自己的家人時使用。

　＊用法⋯請參考下一頁的例句

例句

(1) 小川：お父さんは　お元気ですか。

（您的父親好嗎？）

山本：はい、お蔭様で　父は元気です。

（是的，托您的福。我父親很好。）

【お蔭様で：托您的福】

(2) 田口：ご両親は　どこに　住んでいますか。

（您的父母親住在那兒呢？）

陳：両親は　京都に　住んでいます。

（我父母親住在京都。）

【〜に住んで　います：住在〜】

(3) 小川：田中さんは　子供さんが　何人　いますか。

（田中先生有幾個小孩？）

田中：二人　います。

（有兩個。）

(4) お父さん、ご飯ですよ。（爸爸，吃飯了。）

(5) おばあさん、プレゼント　ありがとうございます。

（奶奶，謝謝您的禮物。）

7．身體（体）

日文單字	中文意義	日文單字	中文意義
63 頭	頭	64 足	腳
65 お腹	肚子；腹部	66 顔	臉
67 口	嘴巴	68 歯	牙齒
69 鼻	鼻子	70 耳	耳朵
71 目	眼睛	72 体	身體

例句

(1) 渡辺さんは　頭がいい　です。

（渡邊先生腦筋很好。）

(2) 今朝から　おなかの調子が　おかしいです。

（今天早上開始，肚子就怪怪的了。）

(3) どうしましたか。

（怎麼了？）

目が　赤く　なりましたよ。

（眼睛紅紅的哦。）

(4) あの子は　体が　丈夫です。

（那小孩身體很強壯。）

8-1. 方向、位置

日文單字	中文意義	日文單字	中文意義
73 前（まえ）	前面	74 後ろ（うし）	後面
75 上（うえ）	上面	76 下（した）	下面
77 右（みぎ）	右邊	78 左（ひだり）	左邊
79 中（なか）	裡面	80 AとBの間（あいだ）	在A和B之間
81 隣（となり）	隔壁	82 向こう（む）	對面
83 そば	旁邊	84 近く（ちか）	附近

例句

(1) この池（いけ）の中（なか）に　魚（さかな）が　います。

　（這個池塘裡有魚。）

(2) 学校（がっこう）の前（まえ）に　小（ちい）さな公園（こうえん）が　あります。

　（學校前面有小型的公園。）

(3) 私（わたし）は　そばに　いますから、心配（しんぱい）しないで　ください。

　（因為我在身邊，請不要擔心。）

(4) 花瓶（かびん）は　ステレオと　写真（しゃしん）の間（あいだ）に　置（お）いて　ください。

　（花瓶請放在音響和相片之間。）

8-2. 方位

日文單字	中文意義	日文單字	中文意義
85 東 （ひがし）	東邊	86 西 （にし）	西邊
87 南 （みなみ）	南邊	88 北 （きた）	北邊
89 横 （よこ）	旁邊；橫向	90 縦 （たて）	縱向
91 ～側 （がわ）	～側；～邊 右側；西側 （みぎがわ）（にしがわ）	92 この辺 （へん）	這一帶；這附近

例句

(1) 鈴木（すず き）：すみません、この辺（へん）には　コンビニが　ありますか。

　　　　　　（請問這附近有便利商店嗎？）

　　店の人（みせ ひと）：はい、ありますよ。

　　　　　　（是的，有啊。）

　　　　　　この信号（しんごう）を　右（みぎ）に　曲（ま）がると、すぐ　見（み）えます。

　　　　　　（在這個紅綠燈向右轉的話，馬上就看得見了。）

(2) 映画館（えい が かん）の出口（で ぐち）は　右側（みぎがわ）に　あります。

　　（電影院的出口在右側。）

★充電站

　　「東南西北」合起來唸做…【東西南北（とうざいなんぼく）】哦！

9. 穿著（着物）

日文單字	中文意義	日文單字	中文意義
93 上着	上衣；外衣	94 セーター	毛衣
95 シャツ	襯衫	96 ワイシャツ	白襯衫
97 洋服	西式服裝	98 コート	外套
99 背広	西裝	100 ポケット	口袋
101 靴	鞋子	102 靴下	襪子
103 スカート	裙子	104 ズボン	長褲
105 スリッパ	拖鞋	106 ボタン	鈕扣
107 帽子	帽子	108 眼鏡	眼鏡
109 ネクタイ	領帶		

例句

(1) 池部先生は　赤いセーターを　着て　います。

（池部老師穿著紅色毛衣。）

(2) 静ちゃんは　黄色いスカートを　はいて　います。

（小靜穿著黄色的裙子。）

(3) 山田さんは　帽子を　かぶって　います。

（山田小姐戴著帽子。）

★日文表穿著打扮所呈現的狀態要用「～て　いる。」「～て　います。」敘述。

★充電站

日文中穿著使用的動詞很特殊，歸納整理如下：

◎ 腰部以上「穿」：着る（他一；Ⅱ）

- シャツを 着る。（穿襯衫）

- セーターを 着る。（穿毛衣）

◎ 腰部以下「穿」：はく（他五；Ⅰ）

- ズボンを はく。（穿長褲）

- 靴を はく。（穿鞋子）

◎ 其他

- 帽子を かぶる（他五；Ⅰ）。（戴帽子）

- めがねを かける（他一；Ⅱ）。（戴眼鏡）

- ボタンを かける（他一；Ⅱ）。（扣鈕扣）

- ネクタイを 締める（他一；Ⅱ）。

  或■ネクタイを する（サ行；Ⅲ）。（打領帶）

10-1. 飲食—三餐

日文單字	中文意義	日文單字	中文意義
110 ご飯	吃飯；白飯	111 朝ご飯	早餐
112 昼ご飯	午餐	113 晩ご飯； 夕飯	晚餐

10-2. 飲食—食物（食べ物）

日文單字	中文意義	日文單字	中文意義
114 お弁当	便當	115 カレー	咖哩
116 牛肉	牛肉	117 豚肉	豬肉
118 とり肉	雞肉	119 魚	魚
120 肉	肉	121 卵	蛋
122 果物	水果	123 野菜	青菜
124 バター	奶油	125 パン	麵包
126 飴	糖果	127 お菓子	糕點；點心
128 料理	料理；菜肴		

10-3．飲食-飲料（飲み物）

日文單字	中文意義	日文單字	中文意義
129 お酒	酒；日本酒	130 お茶	茶
131 紅茶	紅茶	132 コーヒー	咖啡
133 水	清水；冷開水	134 牛乳	牛奶

10-4．飲食-調味料（調味料）

日文單字	中文意義	日文單字	中文意義
135 塩	鹽巴	136 しょうゆ	醬油
137 砂糖	砂糖		

例句

(1) 毎日 野菜と果物を 食べた方が いいです。

（每天都要吃青菜和水果比較好。）

(2) コーヒーに 砂糖を 入れないで ください。

（請不要在咖啡裡加糖。）

私は ブラック・コーヒーが 好きですから。

（因為我喜歡黑咖啡。）

(3) 卵の上に しょうゆを 少し かけたら、もっと おいしく なるよ。

（在蛋的上方淋一些醬油的話，會更好吃。）

【しょうゆをかける：淋醬油】

11．交通工具

日文單字	中文意義	日文單字	中文意義
138 自転車 じてんしゃ	腳踏車	139 自動車 じどうしゃ	汽車
140 タクシー	計程車	141 地下鉄 ちかてつ	地下鐵
142 電車 でんしゃ	電車	143 バス	公車
144 新幹線 しんかんせん	新幹線	145 バイク； オートバイ	摩托車
146 飛行機 ひこうき	飛機	147 車 くるま	汽車

例句

(1) 私は　自転車に　乗ることが　できます。

（我會騎腳踏車。）

【 動詞辞書形 ＋ことが　できる：會～（表能力）】

(2) 毎朝　地下鉄に　乗って、会社へ　行く。

（每天早上都搭地鐵去公司。）

(3) 陳　：東京から　新大阪まで　新幹線で　どのくらい　かかりますか。

（從東京到新大阪搭新幹線要多少時間？）

田中：2時間半ぐらい　かかります。

（大約兩個半小時。）

12. 家具（家具 [かぐ]）

日文單字	中文意義	日文單字	中文意義
148 いす	椅子	149 机 [つくえ]	桌子
150 ドア	門	151 窓 [まど]	窗戶
152 門 [もん]	門	153 戸 [と]	窗戶
154 テーブル	桌子	155 ベッド	床
156 本棚 [ほんだな]	書架	157 冷蔵庫 [れいぞうこ]	冰箱

例句

(1) 来月 [らいげつ] は　引っ越し [ひっこし] しますから、新しい [あたら]　冷蔵庫 [れいぞうこ] を　買う [か] つもりです。

（下個月要搬家了，打算買一台新的冰箱。）

【～つもりです：打算做～】

(2) 本棚 [ほんだな] に　いろいろな本 [ほん] や雑誌 [ざっし] が　並べて [なら]　あります。

（書架上排列著各式各樣的書和雜誌。）

★充電站

※陳列著～；擺設著～：有下列說法

①～が　並べて [なら]　あります（他動詞）

②～が　並んで [なら]　います（自動詞）

26

13-1. 場所名稱-家（家；家）

日文單字	中文意義	日文單字	中文意義
158 家；家	家	159 家庭	家庭
160 部屋	房間	161 庭	庭院
162 お風呂	浴室	163 台所	廚房
164 お手洗い	洗手間；廁所	165 トイレ	廁所；洗手間
166 階段	樓梯	167 玄関	玄關
168 廊下	走廊	169 アパート	公寓

13-2. 場所名稱-商店（店）

日文單字	中文意義	日文單字	中文意義
170 店	商店	171 食堂	餐廳
172 本屋	書店	173 パン屋	麵包店
174 花屋	花店	175 八百屋	蔬菜商店
176 肉屋	肉店	177 魚屋	鮮魚店
178 喫茶店	咖啡廳	179 レストラン	西餐廳
180 映画館	電影院	181 デパート	百貨公司
182 ホテル	飯店	183 美容院	美容院

13-3．場所名稱-其他

日文單字	中文意義	日文單字	中文意義
184 学校	學校	185 大学	大學
186 教室	教室	187 図書館	圖書館
188 銀行	銀行	189 郵便局	郵局
190 病院	醫院	191 公園	公園
192 交番	派出所	193 大使館	大使館
194 会社	公司	195 駅	車站
196 空	天空	197 川	河川
198 角	轉角	199 交差点	十字路口
200 橋	橋	201 プール	游泳池
202 道	道路	203 村	村莊
204 町	街道；城市	205 建物	建築物

例句

(1) いつも　家へ　帰ってから、すぐ　お風呂に　入ります。

　　（總是回到家後，就馬上洗澡。）

【お風呂に　入る：洗澡】

(2) 昨日　道で　お金を　拾って、交番に　届けました。

　　（昨天在路上撿到錢，就交給了派出所。）

14-1．用品-餐具

日文單字	中文意義	日文單字	中文意義
206 お皿	盤子	207 ちゃわん	碗
208 コップ	杯子	209 カップ	咖啡杯
210 スプーン	湯匙	211 ナイフ	刀子
212 フォーク	叉子	213 箸	筷子

14-2．用品-文具、書籍

日文單字	中文意義	日文單字	中文意義
214 鉛筆	鉛筆	215 シャープペンシル	自動鉛筆
216 ペン	筆	217 ボールペン	原子筆
218 万年筆	鋼筆	219 テープ	膠帶
220 紙	紙張	221 手紙	信
222 切手	郵票	223 封筒	信封
224 葉書	明信片	225 地図	地圖
226 ノート	筆記本	227 手帳	記事本
228 辞書	字典	229 字引	字典

14-3. 用品-電器用品（電気製品〔でんきせいひん〕）

日文單字	中文意義	日文單字	中文意義
230 電気〔でんき〕	電燈；電器	231 電話〔でんわ〕	電話
232 ステレオ	音響	233 テレビ	電視
234 テープレコーダー	錄音機	235 ラジオ	收音機
236 ラジカセ	盒式收錄兩用機	237 ストーブ	暖爐

例句

(1) ナイフは 物〔もの〕を切〔き〕るのに 使〔つか〕います。

（刀子是用來切東西的。）

(2) 願書〔がんしょ〕は 青〔あお〕ペンで 書〔か〕いた。

（報名表用藍色的筆寫了。）

【（用品）で：「で」是指利用的方法或手段。】

★充電站

※開、關電器使用的動詞為「**つける**」「**消〔け〕す**」。

■ テレビを つけて ください。（請打開電視機。）

■ 電気〔でんき〕を 消〔け〕しましょう。（關掉電燈吧。）

14-4．與生活用品相關（生活用品）-1

日文單字	中文意義	日文單字	中文意義
238 マッチ	火柴	239 ライター	打火機
240 灰皿	煙灰缸	241 タバコ； たばこ	香菸
242 カメラ	相機	243 フィルム	底片
244 写真	照片	245 デジタルカメラ	數位相機
246 ビデオ	錄影機	247 お金	錢
248 財布	錢包	249 かばん	皮包

例句

(1) このデジタルカメラは　最近　一番　人気が　あります。

　　（這款數位相機，最近很受歡迎。）

【人気がある：受歡迎】

(2) ちょっと　タバコの火を　つけて　ください。

　　（請點一下香菸的火。）

(3) もう　カメラに　フィルムを　入れました。

　　（已經在相機內裝了底片了。）

(4) ライターを　貸して　ください。

　　（請借我打火機。）

14-5. 與生活用品相關（生活用品）-2

日文單字	中文意義	日文單字	中文意義
250 花瓶	花瓶	251 傘	傘
252 切符	（車）票	253 かぎ	鑰匙
254 レコード	唱片	255 時計	時鐘；錶
256 ハンカチ	手帕	257 箱	箱子；盒子
258 せっけん	肥皂	259 薬	藥
260 エレベーター	電梯	261 エスカレーター	電扶梯
262 カレンダー	月曆	263 携帯電話	行動電話

例句

(1) 電車に　乗るまえに、切符を　買って　ください。

（搭電車前，請買車票。）

(2) せっけんで　手を　洗います。

（用肥皂洗手。）

(3) 箱の中には　風邪の薬が　入れて　あります。

（盒子內裝著感冒藥。）

【～が　入れて　ある：裝著】

(4) このカレンダーは　壁に　かけて　ください。

（請將這份月曆掛在牆上。）

15. 與休閒、興趣有關

日文單字	中文意義	日文單字	中文意義
264 ギター	吉他	265 歌	唱歌；歌曲
266 スポーツ	運動	267 テニス	網球
268 サッカー	足球	269 水泳	游泳
270 絵	圖畫	271 映画	電影
272 音楽	音樂	273 美術	美術
274 雑誌	雜誌	275 本	書
276 新聞	報紙	277 英語	英文

例句

(1) 張 ：池田さんの趣味は　何ですか。

　　　　（池田先生的興趣是什麼呢？）

　　池田：①私の趣味は　サッカーです。

　　　　（我的興趣是足球。）

　　　　②私の趣味は　サッカーを見る　ことです。

　　　　（我的興趣是看足球。）

(2) 私は　休みの日には　あまり　出かけません。

　　（我休假時不太外出的。）

　　いつも　家で　絵を　描いたり、雑誌を　読んだり　して　います。

　　（經常在家裡畫畫圖啦、看看雜誌啦。）

16. 性別

日文單字	中文意義	日文單字	中文意義
278 男 （おとこ）	男的	279 女 （おんな）	女的
280 男の人 （おとこ）（ひと）	男人	281 女の人 （おんな）（ひと）	女人
282 男の子 （おとこ）（こ）	男孩	283 女の子 （おんな）（こ）	女孩
284 大人 （おとな）	大人；成人	285 子供 （こども）	小孩
286 外国 （がいこく）	外國	287 外国人 （がいこくじん）	外國人

例句

(1) 山田：池田さんは　子供が　全部で　三人です。

（池田小姐總共三個小孩。）

男の子が　一人と　女の子が　二人　います。

（男孩一個，女孩兩個。）

17. 假期

日文單字	中文意義	日文單字	中文意義
288 春休み （はるやす）	春假	289 夏休み （なつやす）	暑假
290 冬休み （ふゆやす）	寒假	291 昼休み （ひるやす）	午休

例句

(1) 昼休みは　一時間半も　ありますから、ゆっくり　休めます。

（午休時間有一個半小時，所以可以好好地休息。）

18-1. 相關、對比類-1

日文單字	中文意義	日文單字	中文意義
292 風（かぜ）	風	293 風邪（かぜ）	感冒
294 誰（だれ）	誰	295 この方（かた）	這一位
296 平仮名（ひらがな）	平假名	297 片仮名（かたかな）	片假名
298 キロ（グラム）	Kg；公斤	299 グラム	公克
300 キロ(メートル)	公里	301 メートル	公尺

例句

(1) 私（わたし）は　平仮名（ひらがな）は　書けますが、片仮名（かたかな）は　書けません。

　　（我會寫平假名，但不會寫片假名。）

(2) この肉（にく）は　100グラムで　350円（えん）です。

　　（這種肉一百公克三百五十元（日幣）。）

　　　　　　　　　　　　【※100グラムで的「で」是指範圍的限定】

(3) 吉本（よしもと）：山本（やまもと）さんは　泳（およ）ぐことが　できますか？

　　　　（山本小姐會游泳嗎？）

　　山本（やまもと）：はい、でも　200メートルしか　泳（およ）ぐことが　できません。

　　　　（會，但是只能游兩百公尺而已。）

18-2. 相關、對比類-2

日文單字	中文意義	日文單字	中文意義
302 声 こえ	（生命體的）聲音	303 音 おと	（無生命體的）聲音
304 先 さき	先；早；預先	305 後 あと	待會兒；之後
306 作文 さくぶん	作文	307 宿題 しゅくだい	作業；習題
308 質問 しつもん	發問的問題	309 問題 もんだい	問題
310 授業 じゅぎょう	課程；上課	311 テスト	測驗；考試
312 全部 ぜんぶ	全部	313 半分 はんぶん	一半
314 始め はじ	開始	315 初め はじ	最初
316 初めて はじ	初次	317 最後 さいご	最後

例句

(1) すみません、もっと　大きい声で　話して　ください。

　　（抱歉，請再說大聲一點。）

(2) 私は　十月の初めに　家族と　日本へ　行きます。

　　（我十月初要和家人去日本。）

19. 其他（その他）-1

日文單字	中文意義	日文單字	中文意義
318 国	國家	319 クラス	班級
320 言葉	語言；字彙	321 池	池塘
322 今	現在	323 意味	意思
324 背；背	身長；背部	325 漢字	漢字
326 大勢	（形容人）很多	327 いろいろ	各式各樣
328 一緒	一起	329 いつも	總是；經常
330 自分	自己	331 天気	天氣

例句

(1) 池の中に　魚が　何匹も　います。

　　（池塘裡有好幾條魚。）

(2) 店の前には　大勢の人が　集まって　います。

　　（在店的前面，聚集著很多人。）

(3) 言葉の意味が　わからない時に、この辞書で　調べます。

　　（字彙的意思不懂時，用這本字典查。）

(4) 誰も　いませんから、　自分で　掃除を　して　ください。

　　（都沒人在，所以請自己打掃。）

20. 其他（その他）-2

日文單字	中文意義	日文單字	中文意義
332 荷物	包裹；行李	333 ニュース	新聞
334 本当	真的	335 話	說話；說話的內容
336 番号	號碼	337 木	樹
338 ·月	一個月	339 毎月；毎月	每個月
340 ページ	～頁	341 文章	文章
342 皆さん	各位	343 病気	生病

例句

(1) この荷物は　重すぎますから、一人で　持つことが　できません。

　　（這個行李太重，一個人拿不動。）

(2) わたしは　毎朝　七時のニュースを　見ます。

　　（我每天早上都看七點的新聞報導。）

(3) 山本君は　いい文章を　書きました。

　　（山本同學寫了很好的文章。）

(4) このマンションは　家賃が高いですよ。

　　（這公寓租金很貴。）

　　一月　八万円も　かかります。

　　（一個月就需要八萬元（日幣）。）

★自我檢測（看看平假名是否都知道它們的意思嗎？）

檢測方法：請將左側的中文部分遮住，然後看著日文單字作答後，再將左側
的解答一一移開來看。答對的就在"ok"處打"✓"，答錯或不
熟悉的在"no"打"✓"。

中文意義	日文單字	ok	no	中文意義	日文單字	ok	no
藍色	あお			警察	けいかん		
紅色	あか			玄關	げんかん		
秋天	あき			十字路口	こうさてん		
早上	あさ			派出所	こうばん		
腳	あし			字彙；語言	ことば		
哥哥	あに			錢包	さいふ		
姐姐	あね			作文	さくぶん		
公寓	アパート			鹽巴	しお		
池塘	いけ			工作	しごと		
意思	いみ			字典	じびき		
妹妹	いもうと			上課	じゅぎょう		
入口	いりぐち			肥皂	せっけん		
後面	うしろ			廚房	だいどころ		
上衣；外衣	うわぎ			建築物	たてもの		
電影院	えいがかん			褐色	ちゃいろ		
電梯	エレベーター			碗	ちゃわん		
點心；餅乾	おかし			出口	でぐち		

夫人	おくさん			動物	どうぶつ		
盤子	おさら			明信片	はがき		
洗手間	おてあらい			手帕	ハンカチ		
大人	おとな			左邊	ひだり		
肚子	おなか			信封	ふうとう		
浴室	おふろ			豬肉	ぶたにく		
警察	おまわりさん			文章	ぶんしょう		
樓梯	かいだん			郵筒；信箱	ポスト		
家庭	かてい			南邊	みなみ		
花瓶	かびん			東邊	ひがし		
黃色	きいろ			眼鏡	めがね		
藥	くすり			西式服裝	ようふく		
（車）票	きっぷ			傍晚	ゆうがた		

N5 文字・語彙

―形容詞篇―

學習建議：本篇將形容詞意義相反或意思相關者列表
編排，以便於比較、記憶。表後並有**例句
及片語或重點提示**。充電站則著重在形容
詞的相關變化說明。

建議學習者依「**單字**⇨**例句**⇨**片語重點**⇨
充電站」循序有系統的學習，並於最後確
實地完成「**自我測試**」的部份，可達最佳
的學習效果。

1. 與天氣、溫度等有關

日文單字	中文意義	日文單字	中文意義
1 暖かい	溫暖的	2 涼しい	涼爽的
3 暑い	（天氣）炎熱的	4 寒い	（天氣）寒冷的
5 熱い	（東西）燙的	6 冷たい	（東西）涼的；冰的
7 温い	（東西）微溫的		

例句

(1) 秋になると、涼しくなります。

（秋天的話，天氣會變涼爽。）

(2) 暑いから、クーラーを　つけましょう。

（因為好熱，開冷氣吧。）

(3) スープは　熱いですから、気をつけて　ください。

（湯很燙，請小心）

【気をつける：小心】

(4) コーヒーは　冷蔵庫に　入れたから、もう　冷たく　なったよ。

（咖啡放進去冰箱過，所以已經變冰的了。）

(5) 昨日は　おとといより　暖かかったです。

（昨天比前天溫暖。）

2．與新舊、厚薄、高矮、胖瘦等有關

日文單字	中文意義	日文單字	中文意義
8 新しい	新的	9 古い	舊的
10 厚い	厚的	11 薄い	薄的；（味道；顏色）淡的
12 高い	（高度）高的	13 低い	（高度）矮的
14 太い	粗的；胖的	15 細い	細的

例句

(1) 駅前に　新しい本屋が　できました。（車站前開了一家新的書店。）

(2) このスープは　味が　ちょっと　薄いですね。

（這個湯味道有點兒淡。）

(3) 佐々木さんは　背は　低いですが、顔は　かわいいです。

（佐佐木小姐長的不高，但臉蛋很可愛。）

(4) 大根を　細く　切って　ください。（蘿蔔請切細。）

★充電站

　　將い形容詞的「い」改成「く」後，就可接動詞。

■ 口は　大きく　開けて　ください。（請嘴巴張大一點。）

44

3．與多寡、大小、長短、遠近等有關

日文單字	中文意義	日文單字	中文意義
16 多い	多的	17 少ない	少的
18 高い	（價格）貴的	19 安い	（價格）便宜的
20 大きい	大的	21 小さい	小的
22 長い	長的	23 短い	短的
24 遠い	遠的	25 近い	近的

例句

(1) このレストランは　料理が　安くて、多いです。

（這家餐廳料理既便宜量又多。）

(2) この赤い糸は　ちょっと　長いから、２センチぐらい　切って。

（這條紅線有點長，將它剪掉兩公分。）

(3) このマンションは　駅から　ちょっと　遠すぎますから、不便です。

（這棟公寓離車站有點太遠，所以不方便。）

★充電站

　　「遠すぎます」是將い形容詞的「遠い」的「い」改成「すぎる

　　（自一；Ⅱ）」；な形容詞則直接接「すぎる」後即可，意思為

　　「太過於～」。

　　如：おいしすぎる（自一；Ⅱ）太好吃了

　　　　元気すぎる（自一；Ⅱ）太有精神了；過於有朝氣

4．與強弱、輕重、寬窄、早晚、快慢等有關

日文單字	中文意義	日文單字	中文意義
26 重_{おも}い	重的	27 軽_{かる}い	輕的
28 強_{つよ}い	強的；強烈的	29 弱_{よわ}い	弱的
30 広_{ひろ}い	寬敞的	31 狭_{せま}い	狹窄的
32 早_{はや}い	（時間）早的	33 遅_{おそ}い	（時間）晚的
34 速_{はや}い	（速度）快的	35 遅_{おそ}い	（速度）慢的

例句

(1) この荷物_{にもつ}は　重_{おも}くて、持_もてないです。

（這個行李好重，沒辦法拿。）

【持_もてない（動詞可能形）：無法拿】

(2) 風_{かぜ}が　強_{つよ}いですから、窓_{まど}を　閉_しめて　ください。

（因為風很大，請把窗戶關上。）

(3) まだ　時間_{じかん}が　早_{はや}いから、どこかで　お茶_{ちゃ}でも　飲_のもう。

（時間還早，找個地方喝個茶吧。）

【お茶_{ちゃ}でも的「でも」是"舉例"的用法。】

5．與感覺、心情、能力、難易等有關

日文單字	中文意義	日文單字	中文意義
36 おもしろい	有趣的	37 つまらない	無聊的；無趣的
38 楽しい	愉快的	39 退屈	無聊的；無趣的
40 好き（な）	喜歡的	41 嫌い（な）	討厭的
42 大好き（な）	非常喜歡的	43 大嫌い（な）	非常討厭的
44 いい；よい	好的	45 悪い	壞的
46 上手（な）	(某方面的能力)好	47 下手（な）	(某方面的能力)差
48 難しい	困難的	49 易しい	簡單的
50 便利（な）	方便的	51 不便（な）	不方便的

例句

(1) 一人で　食事するのは　つまらないです。

（一個吃飯很無聊。）

(2) 有難う　ございました。今日は　本当に　楽しかったです。

（謝謝您，今天真的很愉快。）

(3) 私は　スパゲッティが　大好きです。

（我非常喜歡義大利麵。）

6．與明暗、安危、熱鬧、忙碌、美味等有關

日文單字	中文意義	日文單字	中文意義
52 明るい	明亮的；開朗的	53 暗い	昏暗的；陰鬱的
54 危ない	危險的	55 安全（な）	安全的
56 忙しい	忙碌的	57 暇（な）	空閒的
58 うるさい	吵雜的；嘮叨的	59 静か（な）	安靜的
60 にぎやか（な）	熱鬧的	61 おいしい	好吃的；美味的
62 まずい	難吃的	63 汚い	骯髒的；瞭草的
64 きれい（な）	乾淨的；漂亮的	65 白い	白色的
66 黒い	黑色的		

例句

(1) 田辺さんは　性格が　明るいです。

（田邊小姐的個性很開朗。）

(2) 試験ですから、静かに　して　ください。

（因為在考試，請保持安靜。）

★充電站

　　將な形容詞的後面加上「に」，就可接動詞。

　　■ きれいに　掃除する。（打掃乾淨。）

48

7．其他形容詞－1

日文單字	中文意義	日文單字	中文意義
67 青い	藍色的	68 赤い	紅色的
69 黄色い	黃色的	70 痛い	痛的
71 甘い	甜的	72 辛い；（鹹い）	辣的；（鹹的）
73 かわいい	可愛的	74 丸い；円い	圓的
75 ほしい	想要的	76 若い	年輕的
77 嫌（な）	討厭的	78 いろいろ（な）	各式各樣的

例句

(1) きのう　けがをした時は　痛かったです。

　　（昨天受傷時眞的好痛。）

【けがを　する：受傷】

(2) 田中さんのお母さんは　若く　見えますね。

　　（田中先生的母親看起來很年輕。）

【若く　見える：看起來年輕】

(3) 誰でも　人に　いじめられるのは　嫌だ。

　　（任何人都不喜歡被別人欺負。）

【人に　いじめられる：被別人欺負】

8．其他形容詞－2

日文單字	中文意義	日文單字	中文意義
79 同<ruby>同<rt>おな</rt></ruby>じ	一樣的；相同的	80 元気<ruby>元気<rt>げん き</rt></ruby>	有朝氣的；有精神的；身體好的
81 丈夫<ruby>丈夫<rt>じょう ぶ</rt></ruby>（な）	堅固的；身體強壯的	82 大丈夫<ruby>大丈夫<rt>だいじょう ぶ</rt></ruby>（な）	沒關係；沒問題
83 大切<ruby>大切<rt>たいせつ</rt></ruby>（な）	重要的	84 大変<ruby>大変<rt>たいへん</rt></ruby>（な）	糟糕的；傷腦筋的；辛苦的
85 有名<ruby>有名<rt>ゆうめい</rt></ruby>（な）	有名的	86 立派<ruby>立派<rt>りっ ぱ</rt></ruby>（な）	很棒的；豪華的
87 結構<ruby>結構<rt>けっこう</rt></ruby>（な）	夠了；不用了		

例句

(1) 二度<ruby>二度<rt>に ど</rt></ruby>と　同<ruby>同<rt>おな</rt></ruby>じミスを　しないで　ください。

（請別再犯同樣的錯誤了。）

★充電站

※「同<ruby>同<rt>おな</rt></ruby>じ」爲な形容詞，但直接接名詞　ex：同<ruby>同<rt>おな</rt></ruby>じ人<ruby>人<rt>ひと</rt></ruby>（相同的人）

(2) 林<ruby>林<rt>はやし</rt></ruby>　：コーヒーは　もう　一杯<ruby>一杯<rt>いっぱい</rt></ruby>　どうですか。

（咖啡再來一杯如何呢？）

杉本<ruby>杉本<rt>すぎもと</rt></ruby>：いいえ、結構<ruby>結構<rt>けっこう</rt></ruby>です。

（不，不用了。）

★自我檢測（看看平假名是否都知道它們的意思嗎？）

檢測方法：請將左側的中文部分遮住，然後看著日文單字作答後，再將左側
的解答一一移開來看。答對的就在"ok"處打"✓"，答錯或不
熟悉的在"no"打"✓"。

中文意義	日文單字	ok	no	中文意義	日文單字	ok	no
紅色的	あかい			很喜歡的	だいすき		
明亮的	あかるい			重要的	たいせつ		
暖和的	あたたかい			麻煩的；傷腦筋	たいへん		
新的	あたらしい			貴的；高的	たかい		
熱（天氣）；燙、厚的（東西）	あつい			愉快的	たのしい		
				不好的	わるい		
				小的	ちいさな		
危險的	あぶない			近的	ちかい		
忙碌的	いそがしい			無聊的	つまらない		
大的	おおきな			（東西）冷的	つめたい		
慢的；晚的	おそい			強壯的	つよい		
一樣的	おなじ			遠的	とおい		
重的	おもい			長的	ながい		
輕的	かるい			熱鬧的	にぎやか		
辣的；鹹的	からい			（東西）溫的	ぬるい		

可愛的	かわいい			（速度）快的	はやい		
討厭的	きらい			（時間）早的			
漂亮的	きれい			寬敞的	ひろい		
黑暗的	くらい			胖的；粗的	ふとい		
黑色的	くろい			舊的	ふるい		
有朝氣的	げんき			方便的	べんり		
寒冷的	さむい			想要的	ほしい		
安靜的	しずか			細的；瘦的	ほそい		
（能力）好	じょうず			難吃的	まずい		
堅固、強壯的	じょうぶ			圓的	まるい		
白色的	しろい			短的	みじかい		
少的	すくない			困難的	むずかしい		
涼爽的	すずしい			容易的	やさしい		
狹窄的	せまい			便宜的	やすい		
不要緊	だいじょうぶ			弱的	よわい		

N5 文字・語彙

―*動詞篇*―

本篇動詞的分類表示法：

・他：他動詞

・自：自動詞

・動詞（五；Ⅰ）：五段活用動詞或稱第一類動詞。

・動詞（一；Ⅱ）：一段活用動詞或稱第二類動詞。

・来る（カ行；Ⅲ）：カ行變格活用動詞或稱第三類動詞。

・する（サ行；Ⅲ）：サ行變格活用動詞或稱第三類動詞。

學習建議：本篇將「一般的動詞」與N5檢定範圍的相關「他、自動詞」分開說明的方式編排。另有特殊「助詞」使用提示。各項還包括**例句說明**。

建議學習者依「**動詞單字**⇨**例句**⇨**由例句了解助詞用法**」的順序做系統、**概念**的學習，可達最佳的學習效果。

動詞	說明與使用例
1 あ 会う (他五;I)	見面;碰面　　※人物後的助詞用「に」或「と」 ・友達に会う。（和朋友見面） ・家族に会いたい。（想見家人）
2 あ 開ける (他一;II)	打開 ・ドアを　開ける。（打開） ・窓を　開けて　ください。（請打開窗戶。）
3 あそ 遊ぶ (自五;I)	玩 ・公園で　遊ぶ。（在公園玩。） ・今　子供と　庭で　遊んで　います。 （現在和小孩正在庭園裡玩。）
4 あ 浴びる (他一;II)	淋浴;沖澡 ・シャワーを　浴びる。（淋浴;沖澡） ・寝る前に、シャワーを　浴びます。 （睡覺前都要沖個澡。）
5 あら 洗う (他五;I)	洗 ・車を　洗う。（洗車） ・ご飯を　食べる前に、手を　洗って　ください。 （吃飯前，請先洗手。）
6 ある 歩く (自五;I)	走路;步行 ・駅まで　歩く。（走到車站。） ・今日　歩いて　来ました。（今天走路來的。）

動詞	說明與使用例
7 言う（他五；Ⅰ）	說；告訴；叫做～。 ・このことは 先生に 言う。（這件事要告訴老師） ・もう一度 言って ください。（請再說一次。） ・「さようなら」は 中国語で 「再見」と 言います。 （「さようなら」用中文說作「再見」。）
8 行く（自五；Ⅰ）	去 ・私は 今日 病院へ 行きたい。 （我今天想去醫院。） ・今度 一緒に 行きましょう。（下次一起去吧。）
9 要る（自五；Ⅰ）	需要　　※名詞後的助詞用「が」 ・買い物のとき、お金が いる。（買東西時需要錢。） ・外国へ 行くとき、パスポートが いります。 （出國的時候，需要護照。）
10 入れる（他一；Ⅱ）	加入；放入 ・コーヒーに 砂糖を 入れる。（在咖啡裡加糖。） ・電話をかける時、テレホンカードを 入れてください。 （打電話時，請將電話卡插入。）
11 歌う（他五；Ⅰ）	唱歌 ・英語の歌を 歌う。（唱英文歌。） ・去年の忘年会で この歌を 歌いました。 （去年的尾牙，我唱了這首歌。）

	動詞	說明與使用例
12	生<ruby>ま<rt>う</rt></ruby>れる （自一；Ⅱ）	出生；誕生 ・西暦1998年に　生まれた。（西元1998年出生的。） ・橋本さんは　昨日　子供が　生まれました。 （橋本先生的太太，昨天生了。）
13	売る （他五；Ⅰ）	賣；販售 ・来年　車を　売る。（明年要賣車。） ・この店で　日本の玩具を　売っています。 （在這家店有賣日本的玩具。）
14	起きる （自一；Ⅱ）	起床；起來 ・毎朝　七時に　起きる。（每天早上七點起床。） ・まだ　起きて　います。（還醒著。）
15	置く （他五；Ⅰ）	放置；擺設 ・机の上に　花瓶を　置く。（在桌子上擺花瓶。） ・荷物は　机の横に　置いて　ください。 （行李請放在桌子旁邊。）
16	教える （他一；Ⅱ）	教；告訴 ・田村さんは　生け花を　教えて　います。 （田村太太在教插花。）
17	押す （他五；Ⅰ）	按；推 ・このボタンを　押すと、機械が　動きます。 （按下這個按鈕的話，機器就會動了。） ・押さないで　ください。（請不要推擠。）

	動詞	說明與使用例
18	覚える （おぼ） （他一；II）	記住；背誦；學 ・語学の勉強は　文型を　覚えて　ください。 （ごがく）（べんきょう）（ぶんけい）（おぼ） （語言的學習，請記住句型。） ・ホームステイの時、日本料理を　覚えました。 （とき）（にほんりょうり）（おぼ） （寄宿時，學了日本料理。）
19	泳ぐ （およ） （五；I）	游泳 ・プールで　泳ぐ。（在游泳池游泳。） （およ） ・この川で　泳ぎたいです。（想在這個河川游泳。） （かわ）（およ）
20	降りる （お） （自一；II）	下（車、樓梯） ※ 交通工具、樓梯 後的助詞用「を」 ・私は　次の駅で　降りる。（我要在下一站下車。） （わたし）（つぎ）（えき）（お） ・バスを降りたとき、転んだよ。 （お）（ころ） （在下公車時跌倒了。）
21	終わる （お） （自五；I）	結束 ・五時までに　仕事が　終わる。 （ごじ）（しごと）（お） （五點之前要結束工作。） ・あと30分で　会議が　終わると　思います。 （ぷん）（かいぎ）（お）（おも） （我想再三十分鐘會議就會結束。）
22	買う （か） （他五；I）	買 ・スーパーで　食料品を　買う。 （しょくりょうひん）（か） （在超市買飲食用品。） ・私は　お土産を　買いたい。（我想買土產。） （わたし）（みやげ）（か）

	動詞	說明與使用例
23	返す （かえす） （他五；Ｉ）	歸還 ・今月（こんげつ）の末（すえ）に　本（ほん）を　返（かえ）す。（這個月底還書。） ・来月（らいげつ）の五日（いつか）までに　ビデオを　返（かえ）して　ください。 （下個月五號之前請歸還錄影帶。）
24	帰る （かえる） （自五；Ｉ）	回家；回去 ・今日（きょう）　遅（おそ）く　帰（かえ）る。（今天會晚一點回家。） ・きのうの晩（ばん）　10時過（じす）ぎに　家（いえ）へ　帰（かえ）りました。 （昨天晚上超過十點才回家。）
25	かかる （自五；Ｉ）	需要；花費（時間、金錢） ・これを　修理（しゅうり）するのに　時間（じかん）が　かかる。 （修理這個要花些時間。） ・イタリアの旅行（りょこう）に　30万円（まんえん）ぐらい　かかると　思（おも）う。 （我想義大利旅行大約要花費三十萬元日幣。）
26	書く （かく） （他五；Ｉ）	寫；畫 ・願書（がんしょ）は　黒（くろ）ペンで　書（か）く。（報名表要用黑筆寫。） ・昨日（きのう）　図書館（としょかん）で　本（ほん）を読（よ）んだり、レポートを書（か）いたり　した。 （昨天在圖書館裡，看看書、寫寫報告。）
27	かける （一；Ⅱ）	打（電話） ・課長（かちょう）に　電話（でんわ）を　かける。（要打電話給課長。） ・もう一度（いちど）　かけて　ください。（請再打一次。）

	動詞	說明與使用例
28	貸す （他五；I）	借給（某人） ・私は　遠藤さんに　中国語のシーディーを　貸しました。 （我借給遠藤先生中文的CD。） ・ちょっと　この小説を　貸して。 （借一下這本小說。）
29	借りる （他一；II）	向（某人）借 ・私は　鈴木さんに　辞書を　借りる。 （我向鈴木小姐借字典。） ・私は　友達から　車を　借りました。 （我向朋友借車。）
30	～がる （他五；I）	（第三人稱）想要 ・子供は　飴を　ほしがる。 （小孩子都想要糖。） ・静香ちゃんは　わたあめを　食べたがって　います。 （小靜香想吃棉花糖。）
31	切る （他五；I）	剪；切 ・ナイフで　肉を　切る。（用刀子切肉。） ・紙を　きれいに　切って　ください。 （將紙剪整齊。）

	動詞	說明與使用例
32	曇る （自五；Ⅰ）	（天）陰 ・天気予報によると、明日は 曇るそうです。 （根據氣象報告，明天會是陰天。） ・空が 曇っています。 （天空陰陰的。）
33	来る （自カ；Ⅲ）	來 ・じゃ、明日 また 来る。 （那麼，明天再來。） ・機会が あれば、遊びに 来て ください。 （如果有機會的話，請來玩。）
34	吸う （他五；Ⅰ）	吸（果汁）；抽（香菸） ・食事してから、タバコを 吸う。 （吃完飯後，抽根菸。） ・ここで タバコを 吸って ください。 （請在這裡抽菸。）
35	答える （自一；Ⅱ）	回答　※助詞用「に」 ・先生の質問に 答える。 （回答老師的問題。） ・次の問題は すぐ 答えて ください。 （接下來的問題，請馬上作答。）

	動詞	説明與使用例
36	困る (自五；I)	煩惱；麻煩 ・気をつけて、財布を　なくすと　困るよ。 （小心，弄丟錢包的話很麻煩的。） ・それは　困りました。（那可眞是傷腦筋啊。） ・困ったなあ。また　かぎを　忘れました。 （眞傷腦筋啊，又忘記鑰匙了。）
37	咲く (自五；I)	開（花） ・春になると　桜の花が　咲く。 （春天的話，櫻花就會開。） ・庭には　綺麗な花が　咲いて　います。 （在庭院裡，開了好多漂亮的花。）
38	さす (他五；I)	撐（傘） ・雨の日に　傘を　さす。（雨天要撐傘。） ・夏の昼間は　外へ　出かけるとき、日傘を　さします。 （夏天白天外出時，要撐個洋傘。）
39	死ぬ (自五；I)	死 ・人間は　いつかは　死ぬ。 （人總有一天會死的。） ・死ぬまで　頑張ります。（終生奮鬥。）

動詞	説明與使用例
40 知_しる （他五；Ⅰ）	知道；認識 ・田中_{たなか}さんは　何_{なん}でも　よく　知_しっている。 （田中先生無所不知。） ・私_{わたし}は　佐藤_{さとう}さんを　知_しっています。 （我認識佐藤先生。） ・あの人_{ひと}のことは　全然_{ぜんぜん}　知_しりませんよ。 （那個人的事，我完全不清楚）
41 住_すむ （他五；Ⅰ）	居住　　※居住地點後的助詞用「に」 ・私_{わたし}は　ヨーロッパに　住_すみたい。 （我想住在歐洲。） ・今_{いま}　親戚_{しんせき}の家_{いえ}に　住_すんでいます。 （目前住在親戚家。）
42 座_{すわ}る （自五；Ⅰ）	坐　　※坐的地點的助詞用「に」 ・椅子_{いす}が　ないから、床_{ゆか}に　座_{すわ}る。 （因為沒椅子所以就坐地板。） ・後_{うし}ろの座席_{ざせき}に　座_{すわ}って　ください。 （請坐後面的位子。）

★充電站

◎知_しっている、知_しっています（知道；認識）

◎知_しらない、知_しりません（不知道；不認識）

	動詞	說明與使用例
43	出_だす （他五；I）	交出；拿出；倒（垃圾） ・今日_{きょう} 私_{わたし}が お金_{かね}を 出_だすよ。（今天我來出錢。） ・この書類_{しょるい}は 水曜日_{すいようび}までに 出_だして ください。 （這份文件星期三之前請交出去。） ・ごみは 毎日_{まいにち} 出_だして います。 （垃圾每天都會倒。）
44	立_たつ （自五；I）	站立 ・立_たって ください。 （請站起來。）
45	頼_{たの}む （他五；I）	拜託 ・藤原_{ふじわら}さんに このことを 頼_{たの}みましょう。 （就拜託藤原先生這件事吧。） ・このことは 田村_{たむら}さんに 頼_{たの}んで。 （這件事就拜託田村小姐。）
46	食_たべる （他一；II）	吃 ・今日_{きょう}のお昼_{ひる}は カレーライスが 食_たべたいです。 （今天中午，我就想吃咖哩飯。） ・毎日_{まいにち} 野菜_{やさい}をたくさん 食_たべて います。 （每天吃很多蔬菜。）
47	違_{ちが}う （自五；I）	不對；不同 ・二人_{ふたり}の考_{かんが}え方_{がた}は 全然_{ぜんぜん} 違_{ちが}うよ。 （兩個人的想法完全不一樣。）

	動詞	說明與使用例
48	使う （他五；Ⅰ）	使用；利用 ・ペンは　字を書くのに　使います。 （筆是用來寫字用的。）
49	疲れる （自一；Ⅱ）	疲倦；累 ・少し　休まないと　疲れるよ。 （不稍微休息一下的話，會累哦。） ・いくら　疲れても、私は　最後まで　頑張ります。 （無論多麼累，我會努力到最後。）
50	着く （自五；Ⅰ）	到達　※到達的地點的助詞用「に」 ・飛行機は　午後　2時半ごろ　空港に着きます。 （飛機下午兩點半左右會到。） ・よかった、やっと　着いたよ。 （太好了，終於到了。）
51	作る （他五；Ⅰ）	製作 ・私は　来年　会社を　作る。（我明年自己開公司） ・この工場は　ベビーカーを　作って　います。 （這家工廠是製作嬰兒車的。）
52	勤める （自一；Ⅱ）	服務；上班　※工作地點的助詞用「に」 ・兄は　航空会社に　勤めて　いる。 （我哥哥服務於航空公司。） ・私は　将来　日系企業に　勤めたい。 （我將來想在日系企業上班。）

	動詞	説明與使用例
53	出かける (自一；II)	出去；出門 ・日曜日は　よく　出かける。（星期天我常出門。） ・少々　休んでから　出かけましょう。 （稍微休息一下再出門吧。）
54	できる (自一；II)	（表能力）可以；會／完成　　※助詞用「が」 ・テレビの修理は　今週中に　できる。 （電視機的修理，這個星期內會好。） ・宿題が　できました。（習題做好了。） ・田中さんは　社交ダンスが　できます。 （田中先生會跳交際舞。）
55	出る (自一；II)	出來；出去；離開；出現 ・月が　出ます。（月亮出來。） ・部屋のお湯が　出ないんだ。どうしよう。 （房間裡的熱水出不來，怎麼辦？）
56	取る (他五；I)	拿；取得 ・ちょっと　そこの塩を　取って　ください。 （請拿一下那裡的鹽巴一下。） ・彼は　もう　弁護士の資格を　取りました。 （他已經取得了律師的資格了。）
57	撮る (他五；I)	拍（照） ・来週　卒業写真を　撮る予定です。 （下個星期預定要拍畢業照。）

	動詞	說明與使用例
58	飛ぶ （と） （自五；Ⅰ）	飛　　※助詞要用「を」：表經過的場所 ・小鳥が　空を　飛んで　います。 （小鳥在天空飛。）
59	鳴く （な） （自五；Ⅰ）	（鳥、獸、蟲等）鳴叫 ・鶏が　コケコッコーと　鳴いて　いる。 （雞咕咕咕地在鳴啼。）
60	無くす （な） （他五；Ⅰ）	喪失；弄丟 ・自信を　なくす。（失去信心。） ・財布を　なくしました。（弄丟了錢包。）
61	習う （なら） （他五；Ⅰ）	學習 ・今　生け花を　習って　います。 （目前在學插花。）
62	なる （自五；Ⅰ）	成為～；變成～；當～ ・将来　医者に　なりたい。（將來想當醫生。） ・きれいに　なりました。（變漂亮了。）
63	寝る （ね） （自一；Ⅱ）	睡覺；就寢 ・疲れましたから、今日　早く　寝ます。 （因為很累，今天要早一點睡覺。）
64	飲む （の） （他五；Ⅰ）	喝；吃（藥） ・どうぞ、コーヒーを　飲んで　ください。 （請喝咖啡。） ・寝る前に、この薬を　飲む。（睡覺前要吃這個藥。）

	動詞	說明與使用例
65	乗る (自五；I)	搭乘；乘坐　　※交通工具後的助詞用「に」 ・車に乗って、空港まで　行きます。 （搭車到機場。） ・タクシーに　乗らないと　間に合いませんよ。 （不搭計程車的話，會來不及哦。）
66	乗り換える (自一；II)	轉搭　　　※交通工具後的助詞要用「に」 ・新宿で　電車を降りてから、また　バスに　乗り換 えて　ください。 （在新宿下車後，請再轉搭公車。）
67	登る (自五；I)	登山；爬山　　※場所後的助詞用「に」 ・趣味は　山に　登ることです。（興趣是爬山。）
68	走る (自五；I)	跑；（車）行駛 ※場所後的助詞用「を」：表經過・移動的場所 ・この通りには、たくさんの車が　走って　いる。 （這條路上有很多車在行駛。） ・大橋先生は　毎日　この通りを　1時間ぐらい　走 る。 （大橋老師每天都在這條路跑步約一個小時。）
69	働く (自五；I)	工作；勞動 ・私は　働くのが　好きだ。（我喜歡工作。） ・毎晩　遅くまで　働いて　います。 （每晚都工作到很晚。）

	動詞	說明與使用例
70	話_{はな}す （他五；Ⅰ）	交談；說話 ・ちょっと　話_{はなし}しても　いいですか。 （方便說話一下嗎？） ・授業中_{じゅぎょうちゅう}ですから、話_{はな}さないで　ください。 （因爲在上課，請別交談。）
71	貼_はる （他五；Ⅰ）	貼 ・封筒_{ふうとう}に　380円_{えん}の切手_{きって}が　貼_はって　あります。 （在信封上貼380元日幣的郵票。） ・壁_{かべ}に　何_{なに}も　貼_はらないで　ください。 （請不要在牆上貼任何東西。）
72	晴_はれる （自一；Ⅱ）	放晴；晴天 ・今週_{こんしゅう}は　ずっと　晴_はれて　います。 （這個星期一直都是晴天。）
73	引_ひく （他五；Ⅰ）	拔；拉；查閱 ・ドアを　引_ひく。 （拉開門。） ・言葉_{ことば}が　わからなかったら、辞書_{じしょ}を　引_ひいて　ください。 （字彙如果不懂的話，請查字典。）

動詞	說明與使用例
74 弾く（ひ） （他五；I）	彈奏（樂器） ・祖父（そふ）は オルガンを 弾（ひ）くことが できる。 （我的祖父會彈風琴。） ・私（わたし）の趣味（しゅみ）は バイオリンを 弾（ひ）くことです。 （我的興趣是拉小提琴。）
75 吹く（ふ） （自五；I）	颳；吹 ・風（かぜ）が ひどく 吹（ふ）いて いる。 （風颳得很大。） ・口笛（くちぶえ）を 吹（ふ）かないで ください。 （請別吹口哨。）
76 降る（ふ） （自五；I）	下（雨）　　※助詞用「が」 ・きのう 一日中（いちにちじゅう） 大雨（おおあめ）が 降（ふ）りました。 （昨天一整天下了大雨。）
77 曲がる（ま） （自五；I）	彎曲；轉彎 ※場所後的助詞用「を」：表經過・移動的場所 ・このスプーンは ちょっと 曲（ま）がって いる。 （這枝湯匙有點彎彎的。） ・あの角（かど）を右（みぎ）に 曲（ま）がると、右側（みぎがわ）に コンビニが あります。 （在那個轉角向右轉，在右邊就有便利商店。）

	動詞	說明與使用例
78	待つ （他五；Ⅰ）	等待 ・返事は　あと２、３日　待ちましょう。 （答覆就再等兩、三天吧。） ・私は　用事が　あるから、もう　待たないよ。 （因爲我還有事情，所以不等了。）
79	磨く （他五；Ⅰ）	刷（牙）；磨練、鍛錬 ・歯を　きれいに　磨いた。 （把牙齒刷乾淨了。） ・日本語能力を　磨きたい。 （想要鍛錬日文能力。）
80	見せる （他五；Ⅰ）	給（人）看 ・作文が　できたら、見せて　ください。 （作文寫好後，請讓我看。） ・入館のとき、受付の人に　この会員証を　見せます。 （進館時，出示此會員證給櫃檯的人看。）
81	見る （他一；Ⅱ）	看 ・毎朝のニュースを　見る。 （都會看每天早上的新聞報導。） ・コピー機の調子が　おかしいんですが、ちょっと　見て　くださいませんか。 （影印機的狀況不良，可以幫忙看一下嗎？）

	動詞	說明與使用例
82	持つ （他五；Ⅰ）	拿 ・お持ちしましょうか。（我幫您拿吧。） ・あの子は　右手に　玩具を　持って　います。 （那小右手裡拿著玩具。）
83	休む （他五；Ⅰ）	休息；請假 ・胃の調子が　悪いから、明日　休みたい。 （胃的狀況不好，所以明天想請假。） ・疲れたから、ちょっと　休みましょう。 （累了，休息一下吧。）
84	やる （他五；Ⅰ）	做；給（晚輩或動植物～） ・チャンスですから、私は　やって　みたい。 （因爲是個機會，我想試試看。） ・毎日　花に　水を　やります。（每天給花澆水。）
85	呼ぶ （他五；Ⅰ）	呼叫；呼喊 ・もう　時間が　ないから、タクシーを　呼んで。 （已經沒時間了，叫部計程車。） ・誰か（が）　あなたを　呼んで　いるよ。 （有人在叫你哦。）
86	読む （他五；Ⅰ）	閱讀 ・わたしは　忙しいから、毎日　30分だけ　本を読む。 （我因爲很忙，每天只看書三十分鐘。） ・田村君、もう一度　最初から　読んで。 （田村，從頭再唸一次。）

	動詞	說明與使用例
87	わかる （自五；Ⅰ）	知道；了解 ・陳さんは　漢字が　わかります。 （陳先生懂漢字。） ・私の気持ちが　わかって　ください。 （請了解我的心情。）
88	忘れる （他一；Ⅱ）	忘記 ・パスポートを　忘れないで　ください。 （請別忘了護照。） ・私は　星野さんの電話番号を　忘れました。 （我忘了星野小姐的電話了。）
89	渡す （他五；Ⅰ）	交給；遞交 ・飛行機が　出発する前に、部長に　これを　渡さないといけない。 （在飛機出發前，一定要將這個交給部長。）
90	渡る （自五；Ⅰ）	越過 ※場所後的助詞用「を」：表經過・移動的場所 ・歩道橋を　渡ると、スーパーが　見える。 （越過人行橋的話，就看得見超級市場。） ・気をつけて、道を　渡って。 （小心越過馬路。）

◎他動詞與自動詞的相關用法

以下為Ｎ５檢定中相關他動詞與自動詞的整理。

他動詞		自動詞	
91 開ける (一；II)	開【門、窗等】 ・窓を 開けた。 （打開窗戶。）	92 開く (五；I)	【門、窗等】開著 ・今 窓が 開いて いる。 （現在窗戶是開著的。）
93 閉める (一；II)	關【門、窗等】 ・窓を 閉めた。 （關上窗戶。）	94 閉まる (五；I)	【門、窗等】關著 ・今 窓が 閉まって い る。 （現在窗戶是關著的。）
95 つける (一；II)	①開【電器、瓦斯等】 ・電気を つけた。 （開了電燈。）	96 つく (五；I)	①【電器、瓦斯等】開著 ・気が ついて いる。 （電燈亮著。）
	②點（火） ・火を つけた。 （點了火。）		②點著（火） ・火が ついて いる。 （火點著。）
	③別（胸針、髮夾等） ・ブローチを つけた。 （別上胸針。）		③別著（胸針、髮夾等） ・ブローチが ついて い る。 （別著胸針。）
	④沾（醬油等） ・わさびを つけた。 （沾了芥茉。）		④沾著（醬油等） ・わさびが ついて いる。 （沾著芥茉。）

他動詞		自動詞	
97 消す （五；Ⅰ）	①關【電器、瓦斯等】 ・電気を　消した。 （關掉電燈。）	98 消える （一；Ⅱ）	①【電器、瓦斯等】關著 ・電気が　消えて　いる。 （燈熄了。）
	②擦掉 ・黒板の字を　消した。 （擦掉黑板的字。）		②消失 ・黒板の字が　消えて　いる。 （黑板的字不見了。）
99 かける （一；Ⅱ）	①打【電話】 ・電話を　かけた。 （打過電話。）	100 かかる （五；Ⅰ）	①打【電話】來 ・電話が　かかって　来た。 （電話打來了。）
	②掛 ・壁に　絵を　かけた。 （在牆上掛了圖畫。）		②掛著 ・壁に　絵が　かかって　いる。 （牆上掛著圖畫。）
101 止める （一；Ⅱ）	停（車）；關（機器） ・機械を　止めた。 （關掉機器。）	102 止まる （五；Ⅰ）	（車）停著；（機器）關著 ・機械が　止まって　いる。 （機器停了。）

他動詞		自動詞	
103 並<ruby>べる<rt>なら</rt></ruby> （一；Ⅱ）	排列 ・列を 並べた。 （排隊。）	104 並<ruby>ぶ<rt>なら</rt></ruby> （五；Ⅰ）	排著 ・列が 並んで いる。 （排著隊伍。）
105 始<ruby>める<rt>はじ</rt></ruby> （一；Ⅱ）	開始（做某事） ・スピーチを 始めた。 （開始演講。）	106 始<ruby>まる<rt>はじ</rt></ruby> （五；Ⅰ）	（某事）開始了 ・スピーチが 始まって い る。 （演講開始了。）
107 入<ruby>れる<rt>い</rt></ruby> （一；Ⅱ）	放入 ・かばんに 財布を 入 れた。 （將錢包放入皮包裡。）	108 入<ruby>る<rt>はい</rt></ruby> （五；Ⅰ）	裝著 ・かばんに 財布が 入っ て いる。 （皮包裡裝著錢包。）

★簡單說明：此處他動詞表「人為動作」；自動詞表「狀態、結果」。

N5 文字・語彙

―動詞補充篇―

學習建議：本動詞補充篇主要包含「名詞＋する」與「授與動詞」等兩項動詞的用法。編排方式為「用法說明⇨例句」，建議學習者可先閱讀用法說明，再一邊對照例句以建立有概念的學習，可達最佳的學習效果。

１．名詞＋する

在日文中有些「漢字名詞」，因本身意義上就具有「動詞」的意義，像此類的「名詞」是可以直接在後面加上「する」，也就是「名詞＋する」的形式。如此一來，就可當作動詞使用了。

109　結婚（名詞）＋する＝結婚する　　結婚

・結婚指輪

（結婚戒指）

・杉本さんは　二年前　結婚しました。

（杉本小姐兩年前結婚的。）

110　散歩（名詞）＋する＝散歩する　　散歩

・私は　散歩が　好きです。

（我喜歡散步。）

・毎日　晩御飯を食べた後（で）、公園を　散歩しています。

（每天吃完晚餐後，都在公園散步。）

※場所後的助詞用「を」：表經過・移動的場所

111　旅行（名詞）＋する＝旅行する　　旅行

・これは　旅行の写真です。

（這是旅行的照片。）

・一人で　旅行したいです。

（想一個人旅行。）

112　練習（名詞）＋する＝練習する　　練習

・ピアノの練習を　します。

（練習鋼琴。）

・日本語の会話を　練習します。

（練習日文會話。）

113　洗濯（名詞）＋する＝洗濯する　　洗衣物

・私は　洗濯が　嫌いです。

（我討厭洗衣服。）

・日曜日　洗濯しなければ　ならない。

（星期天必須要洗衣服。）

114　掃除（名詞）＋する＝掃除する　　打掃

・午後　部屋の掃除を　して　ください。

（下午請打掃房間。）

・事務所は　きれいですから、掃除しなくても　いいです。

（辦公室很乾淨，可以不要打掃。）

115　勉強（名詞）＋する＝勉強する　　讀書

・外国語の勉強は　おもしろいと　思います。

（我認爲外文的學習很有趣。）

・来週　試験が　ありますから、一緒に　勉強しよう。

（因爲下個星期有考試，一起讀書吧。）

2．授與關係的表現（Ｎ５）

例：假設田中先生給木村小姐禮物的時候……

※說話者不同時，就須選擇不同的動詞哦！

116　【あげる（他一；Ⅱ）給】
　　　田中：私は　木村さんに　プレゼントを　あげました。

　　（我送給木村小姐禮物。）

117　【くれる（他一；Ⅱ）給】
　　　木村：田中さんが　私に　プレゼントを　くれました。

　　（田中先生送給我禮物。）

118　【もらう（他五；Ⅰ）拿到；得到】
　　　木村：私は　田中さんに　プレゼントを　もらいました。

　　（我從田中先生那兒收到禮物。）

　　　※118的「に」也可以換成「から」。⇒田中さんから

N5 文字・語彙

—招呼用語篇—

學習建議：本招呼用語篇主要包含21項目的招呼用
語。編排方式為「招呼用語意義解釋⇨用
法說明⇨相關例句」。在歷年考題中可
以了解招呼用語的出題是蠻靈活的，所以
建議學習者務必了解各招呼用語所使用的
「對象、時間、地點」，以期建立活用式
的學習。

用　語	說　明
1　はじめまして。	【初次見面】 第一次與人見面時的用語。
2　（どうぞ）　よろしく。	【（請）多多指教】 請對方多照顧多指教時的客套話。
3　お願^{ねが}いします。	【麻煩；拜託】 拜託別人時的禮貌語。
4　こちらこそ。	【彼此彼此】

1～4的用例

小川^{おがわ}：はじめまして。小川^{おがわ}です。どうぞ　よろしく　お願^{ねが}いします。

　　（初次見面，我是小川。麻煩請多多指教。）

山本^{やまもと}：はじめまして。山本^{やまもと}です。こちらこそ　よろしく　お願^{ねが}いします。

　　（初次見面，我是山本。彼此彼此請多多指教。）

5　おはよう　ございます。	【早安】 在早上遇見人時的問候語。
6　こんにちは。	【你好】 在白天遇見人時的問候語。
7　こんばんは。	【晚安】 在晚上遇見人時的問候語。
8　おやすみなさい。	【晚安】 晚上就寢前對人道晚安時的問候語。

用　語	說　明
9　どうも　ありがとう 　　ございます／ございました。	【非常謝謝您】
10　どういたしまして。	【別客氣】
11　いただきます。	【開動了；我要吃（喝）了】 用於在餐桌上要開始用餐時；或是受到招待用餐或吃喝東西時須對主人的客套話。
12　ごちそうさま（でした）。	【我吃飽了；謝謝您豐盛的招待】 用於在餐桌上用完餐後；或是受到招待用餐後對主人的感謝語。
13　ごめんください。	【有人在家嗎？】
14　いらっしゃい（ませ）。	【歡迎光臨】 "ませ"是較禮貌的說法。
15　しつれいします。	【打擾了】 ①用於進入他人的屋子或辦公室、房間等的時候的客套話。 ②用於要掛電話之前所講的禮貌語。
16　しつれいしました。	【打擾了】 用於離開他人的屋子或辦公室、房間等的時候的客套話。

用　語	說　明

13～15的用例

田中：ごめんください。（有人在家嗎？）

橋本：はい、どなたですか。（有的，請問是哪一位？）

田中：田中です。（我是田中。）

橋木：ああ、田中さん、いらっしゃい（ませ）。どうぞ。

　　　（啊，田中先生，歡迎歡迎。請進來。）

田中：しつれいします。（打擾了）

16的用例

田中：では、そろそろ　しつれいします。（那麼我該告辭了。）

橋本：そうですか。また　遊びに　来て　ください。

　　　（是嗎？有空請再來玩。）

田中：はい。では、しつれいしました。（好的。那麼打擾了。）

用　語	說　明
17　さよ（う）なら	【再見】
18　（では）おげんきで。	【（那麼）多保重】 用於與人道別離時。
19　では、また。	【那麼，再見面了】 這是比較簡單的說法，所以不用於對長輩時說。
20　ごめんなさい。	【對不起】用於對人道歉時。
21　すみません。	【對不起；請問一下】 ①用於對人道謝或道歉時。 ②用於問路或請教他人時的開端語。

N5　文字・語彙

―挑戰篇―

もんだい1 ＿＿＿＿＿は ひらがなで どう かきますか。1・2・3・4から いちばん いい ものを ひとつ えらびなさい。

とい1 今日は ろくがつ六日で、月曜日です。
　　　　(1)　　　　　　　(2)　　　(3)

（1）今日　　　1　ことし　　　　　2　きょう

　　　　　　　3　こんにつ　　　　4　いま

（2）六日　　　1　むいか　　　　　2　むっつ

　　　　　　　3　むっか　　　　　4　むつか

（3）月曜日　　1　げちようび　　　2　つきようび

　　　　　　　3　げつようぴ　　　4　げつようび

とい2 今年の冬休みは アメリカへ 行きます。
　　　　(4)　　(5)　　　　　　　　(6)

（4）今年　　　1　こどし　　　　　2　ことねん

　　　　　　　3　ことし　　　　　4　こんとし

（5）冬休み　　1　ふゆやみ　　　　2　ふゆやすみ

　　　　　　　3　なつやすみ　　　4　ふうやすみ

（6）行きます　1　いきます　　　　2　おきます

　　　　　　　3　ききます　　　　4　あきます

とい3 子供は 庭で 遊んでいる。
　　　　(7)　　(8)　　(9)

（7）子供　　　1　ことも　　　　　2　こども

　　　　　　　3　こうとも　　　　4　こうども

（8）庭　　　　1　いけ　　2　わに　　3　にわ　　4　にけ

（9）遊んで　　1　あびんで　　　　　　2　あそんて

　　　　　　　3　あそで　　　　　　　4　あそんで

とい4　妹は　友達が　大勢　います。
　　　　(10)　　(11)　　(12)

　（10）妹　　　1　いもうど　　　　　2　いもうと

　　　　　　　　3　いもと　　　　　　4　いもど

　（11）友達　　1　ともだち　　　　　2　ともたち

　　　　　　　　3　どもだち　　　　　4　ともたじ

　（12）大勢　　1　おおせい　　　　　2　だいせい

　　　　　　　　3　おおきい　　　　　4　おおぜい

とい5　この鉛筆は　一本　二百四円です。
　　　　　(13)　　　(14)　　(15)

　（13）鉛筆　　1　えんびつ　　　　　2　えんびち

　　　　　　　　3　えんぴつ　　　　　4　えぴつ

　（14）一本　　1　いっぽん　　　　　2　いっぼん

　　　　　　　　3　いぽん　　　　　　4　いぼん

　（15）二百四円　1　にひゃくよんえん　　2　にひゃくよえん

　　　　　　　　　3　にびゃくよえん　　　4　にぴゃくよえん

もんだいⅡ　＿＿＿＿は　どう　かきますか。１・２・３・４から　いち
ばん　いい　ものを　ひとつ　えらびなさい。

とい１　あめりかに　はんとしぐらい　いました。
　　　　　　(16)　　　　(17)
（16）あめりか　　１　アリメカ　　　　　２　アフリカ

　　　　　　　　　３　アヌリカ　　　　　４　アメリカ

（17）はんとし　　１　反年　　　　　　　２　半年

　　　　　　　　　３　仜年　　　　　　　４　半仐

とい２　てすとは　むずかしかったです。
　　　　　　(18)　　　(19)
（18）てすと　　　１　テメト　　　　　２　デスト

　　　　　　　　　３　テスト　　　　　４　ツスト

（19）むずかしかった　１　可笑しかった　２　お菓子かった

　　　　　　　　　　　３　雛しかった　　４　難しかった

とい３　からだのちょうしが　よくない。
　　　　　　(20)　　(21)
（20）からだ　　１　休　　　２　林　　　３　体　　　４　什
（21）ちょうし　１　長子　　２　調子　　３　喟子　　４　調了

とい４　ははは　ナイフで　ぎゅうにくを　きる。
　　　　　(22)　　　　　　　　　　　　　(23)
（22）はは　　　１　父　　　２　姉　　　３　妹　　　４　母
（23）きる　　　１　着る　　２　切る　　３　来る　　４　有る

とい5　<u>あつい</u>　<u>おちゃ</u>が　のみたい。
　　　　　　(24)　　　　(25)

(24) あつい　　　1　暑い　　　2　冷い　　　3　温い　　　4　熱い

(25) おちゃ　　　1　お菜　　　2　お茶　　　3　お水　　　4　お余

もんだいⅢ　＿＿＿＿の　ところに　なにを　いれますか。1・2・3・
**　　　　　　4から　いちばん　いい　ものを　ひとつ　えらびなさい。**

(26) きのう　かぞくに　＿＿＿＿を　かきました。

　　1　でんわ　　　　2　でんき　　　3　てがみ　　　4　えいが

(27) 「すみません、いま　なんじですか。」

　　　「＿＿＿＿　くじです。」

　　1　さき　　　　　2　ちょっと　　3　ちょうど　　4　あと

(28) あ、きかいが＿＿＿＿　います。どうしたんですか。

　　1　とまて　　　　2　とめて　　　3　こまって　　4　とまって

(29) にわに　＿＿＿＿が　さいて、きれいですね。

　　1　はば　　　　　2　かさ　　　　3　はる　　　　4　はな

(30) このほんは　＿＿＿＿です。

　　1　あだらしい　　2　ふるい　　　3　にがい　　　4　とおい

89

もんだいIV ＿＿＿＿の ぶんと だいたい おなじ いみのぶんは ど れですか。1・2・3・4から いちばん いい ものを ひとつ えらびなさい。

(31) あさごはんを たべてから、がっこうへ いきます。
 1 あさごはんを たべないで、でかけます。
 2 あさごはんを たべないで、うちを でます。
 3 がっこうへ いくまえに、あさごはんを たべます。
 4 なにも たべませんから、いえを でます。

(32) わたしのいえには いぬが います。
 1 わたしのいえには はなが あります。
 2 わたしのいえには ペットを かって います。
 3 わたしのいえには どうぶつが きらいです。
 4 わたしのいえには なにも いません。

(33) 「あ、そとは くもって いますね。」
 1 いえのなかは あたたかいです。
 2 そとは あめが ふっています。
 3 そとは あめが ふりそうです。
 4 ちょうど あめが ふって います。

(34) やまださんは　ちちのともだちです。

　　1　ちちは　やまださんを　しります。

　　2　ちちは　やまださんを　しりたいです。

　　3　ちちは　やまださんを　しりたかったです。

　　4　ちちは　やまださんを　しっています。

(35) 「せんせい　おはよう　ございます。」

　　1　いま　あしたです。

　　2　もうすぐ　よるです。

　　3　いまは　あさです。

　　4　いま　ひるごはんのじかんです。

第二回

もんだい１　＿＿＿＿＿は　ひらがなで　どう　かきますか。１・２・３・
　　　　　　４から　いちばん　いい　ものを　ひとつ　えらびなさい。

とい１　この町は　たかい建物が　多いです。
　　　　　(1)　　　　　　(2)　　　(3)

（１）町　　　　　　１　まつ　　　　　　　２　くに

　　　　　　　　　　３　まち　　　　　　　４　ところ

（２）建物　　　　　１　たでもの　　　　　２　たてもの

　　　　　　　　　　３　たべもの　　　　　４　たてもつ

（３）多い　　　　　１　おおい　　　　　　２　おくい

　　　　　　　　　　３　おおきい　　　　　４　すくない

とい２　旅行は　疲れたが　楽しかった。
　　　　　(4)　　　(5)　　　(6)

（４）旅行　　　　　１　りょこ　　　　　　２　りょうこう

　　　　　　　　　　３　りょこう　　　　　４　たび

（５）疲れた　　　　１　つくれた　　　　　２　つかれた

　　　　　　　　　　３　いれた　　　　　　４　かかれた

（６）楽しかった　　１　たのかった　　　　２　おいしかった

　　　　　　　　　　３　うれしかった　　　４　たのしかった

とい３　牛肉は　すきですが、豚肉は　きらいです。
　　　　　(7)　　　　　　　　(8)

（７）牛肉　　　　　１　ぎゅにく　　　　　２　かにく

　　　　　　　　　　３　ぶたにく　　　　　４　ぎゅうにく

（8）豚肉　　　　　1　ぶだにく　　　　2　ぎゅうにく

　　　　　　　　　3　ぶたにく　　　　4　ぷたにく

とい4　右側に　花屋が　あります。
　　　　(9)　　(10)

（9）右側　　　　　1　みぎがわ　　　　2　みきがわ

　　　　　　　　　3　みがかわ　　　　4　みぎかわ

（10）花屋　　　　1　はなおく　　　　2　かおく

　　　　　　　　　3　はなや　　　　　4　ばなや

とい5　万年筆で　レポートを書きます。
　　　　(11)　　　　　　　　(12)

（11）万年筆　　　1　ばんねんひつ　　2　ざんねんひつ

　　　　　　　　　3　まんねんぴつ　　4　まんねんひつ

（12）書きます　　1　おきます　　　　2　かきます

　　　　　　　　　3　あきます　　　　4　いきます

とい6　この問題は　来週　答えます。
　　　　　　(13)　　(14)　(15)

（13）問題　　　　1　もんたい　　　　2　もんだい

　　　　　　　　　3　もうたい　　　　4　もうだい

（14）来週　　　　1　らいしゅ　　　　2　らいしゅう

　　　　　　　　　3　こんしゅう　　　4　らいじゅう

（15）答えます　　1　こだえます　　　2　あえます

　　　　　　　　　3　こたえます　　　4　おしえます

もんだいⅡ ＿＿＿＿は どう かきますか。1・2・3・4から いち ばん いい ものを ひとつ えらびなさい。

とい1 きのう でぱーとで ぷぜれんと を かった。
　　　　　　　(16)　　　　(17)

(16) でぱーと　　1　デポート　　　　　2　デパート
　　　　　　　　 3　デポード　　　　　4　デパード

(17) ぷれぜんと　1　ブレゼント　　　　2　プレセント
　　　　　　　　 3　プレゼント　　　　4　プルゼント

とい2 このはしを わたると、ゆうびんきょくが あります。
　　　　　　　　(18)　　(19)

(18) はし　　　　1　端　　　2　橋　　　3　箸　　　4　梯
(19) わたる　　　1　渡る　　2　渉る　　3　越る　　4　走る

とい3 今日 うちで せんたくをするので、どこも いかない。
　　　　　　　(20)　　(21)

(20) うち　　　　1　屋　　　2　家　　　3　内　　　4　上
(21) せんたく　　1　洗濯　　2　洗躍　　3　先濯　　4　選択

とい4 おととい はがきを だした。
　　　　　　　　(22)　　(23)

(22) はがき　　　1　葉書　　2　派書　　3　歯書　　4　羽書
(23) だした　　　1　堕した　2　貸した　3　出した　4　話した

とい5　じてんしゃに　のることが　できます。
　　　　　　　(24)　　　　　(25)

(24) じてんしゃ　1　事典社　2　自転車　3　自動車　4　自慟車

(25) のる　　　　1　乗る　　2　開る　　3　終る　　4　遣る

もんだいⅢ　＿＿＿＿＿の　ところに　なにを　いれますか。1・2・3・

　　　　　　　　4から　いちばん　いい　ものを　ひとつ　えらびなさい。

(26) 「そとは　＿＿＿＿＿です。」

　　　「そうですね。ぜんぜん　べんきょうが　できません。」

　　　1　しずか　　　2　あかるい　　3　うるさい　　4　せまい

(27) あした　あめが＿＿＿＿＿、いく。

　　　1　ふったら　　2　ふいても　　3　ふっても　　4　ふっでも

(28) 「わあ、かわいい。これ、だれの＿＿＿＿＿？」

　　　「わたしのいもうとのだよ。」

　　　1　おかね　　　2　しゃしん　　3　やさい　　　4　まち

(29) このにもつは　＿＿＿＿＿から、ひとりで　むりです。

　　　1　たのしい　　2　おもすぎる　3　たいへん　　4　もちたい

(30) わたしのねこは　＿＿＿＿＿かわいいです。

　　　1　しろくて　　2　くらくて　　3　せまくて　　4　ほそくて

もんだいIV ＿＿＿＿＿の ぶんと だいたい おなじ いみのぶんは ど
れですか。1・2・3・4から いちばん いい ものを
ひとつ えらびなさい。

(31) こくばんに じを かきました。

1 こくばんに なにも かいてありません。

2 こくばんに じが かいて います。

3 こくばんに じが かいて あります。

4 こくばんに じを かいて います。

(32) わたしは あさごはんを たべないで、がっこうへ いきます。

1 わたしは あさごはんを たべた。

2 わたしは ひるごはんを たべてから、がっこうへ いきます。

3 わたしは がっこうへ いくまえに、なにも たべません。

4 わたしは なにも たべたくないから、がっこうへ いきます。

(33) ははは いま ゆうはんを つくっています。

1 ははは いま スープを つくっています。

2 ははは いま ばんごはんを じゅんびしています。

3 ははは いま ばんごはんのじゅんびが おわりました。

4 ちょっと ばんごはんを たべました。

(34) ことしは　2005ねんです。おととし　やまださんは　けっこんしま
した。

　　1　やまださんは　2001ねんに　けっこんしました。

　　2　やまださんは　2002ねんに　けっこんしました。

　　3　やまださんは　にねんまえに　けっこんしました。

　　4　やまださんは　さんねんまえに　けっこんしました。

(35) わたしは　あしたとあさって　がっこうを　やすみます。

　　1　わたしは　あしたから　いちにち　やすみます。

　　2　わたしは　ふつかかん　やすみました。

　　3　わたしは　ふつかかん　がっこうへ　いきません。

　　4　わたしは　あしたから　べんきょうしません。

もんだい I ＿＿＿＿は ひらがなで どう かきますか。1・2・3・4から いちばん いい ものを ひとつ えらびなさい。

とい1　きょう　日本語の宿題は　作文です。
　　　　　　　　　（1）　（2）　　　（3）

（1）日本語　　　1　にぽんご　　　　2　にちほんご

　　　　　　　　3　にほんご　　　　4　にはんご

（2）宿題　　　　1　しゅっくだい　　2　しゅくだい

　　　　　　　　3　しょくだい　　　4　じゅくだい

（3）作文　　　　1　さくぷん　　　　2　さくぶん

　　　　　　　　3　さくもん　　　　4　さっくぶん

とい2　先週の試験は　易しかった。
　　　　（4）　（5）　　（6）

（4）先週　　　　1　せんしゅ　　　　2　せんしゅう

　　　　　　　　3　ぜんしゅう　　　4　せいしゅう

（5）試験　　　　1　しげん　　　　　2　しいけん

　　　　　　　　3　しけん　　　　　4　しいげん

（6）易しかった　1　やさしかった　　2　やすかった

　　　　　　　　3　いかった　　　　4　おいしかった

とい3　娘は　部屋で　絵を　かいている。
　　　　（7）　（8）　　（9）

（7）娘　　　　　1　こども　2　むすこ　3　つま　　4　むすめ

（8）部屋　　　　1　へいや　2　べや　　3　へゆ　　4　へや

（9）絵　　　　　1　え　　　2　えい　　　3　が　　　4　えいが

とい4　弟は　海が　大好きです。
　　　　(10)　　(11)　　(12)
　（10）弟　　　　1　いもうど　　　　　2　おとうと

　　　　　　　　3　いもと　　　　　　4　おとうど

　（11）海　　　　1　うむ　　　　　　2　うち

　　　　　　　　3　うみ　　　　　　4　うら

　（12）大好き　　1　たいすき　　　　2　だいすき

　　　　　　　　3　だいずき　　　　4　たいすき

とい5　兄弟は　全部で　四人います。
　　　　(13)　　(14)　　(15)
　（13）兄弟　　　1　きょうだい　　　2　きょうたい

　　　　　　　　3　きょだい　　　　4　きょたい

　（14）全部　　　1　せんぶ　　　　　2　せんぷ

　　　　　　　　3　ぜんぶ　　　　　4　ぜんぷ

　（15）四人　　　1　よにん　　　　　2　よんにん

　　　　　　　　3　よじん　　　　　4　よんじん

もんだいⅡ　＿＿＿＿は　どう　かきますか。１・２・３・４から　いち

ばん　いい　ものを　ひとつ　えらびなさい。

とい１　あさ　おきて、にゅーすを　みた。
　　　　(16)　　　　　　(17)

（16）あさ　　　　　１　今朝　　　２　朝　　　　３　昼　　　４　朗

（17）にゅーす　　　１　ニョース　　　　　　２　ニャース

　　　　　　　　　　３　ニュース　　　　　　４　ニューサ

とい２　このはんかちは　きたないです。
　　　　　　　　(18)　　　　(19)

（18）はんかち　　　１　ハンカツ　　　　　　２　ハンカチ

　　　　　　　　　　３　ハシカチ　　　　　　４　ハンガチ

（19）きたない　　　１　危ない　　２　北ない　　３　少ない　　４　汚い

とい３　しけんのじゅんびで　つかれた。
　　　　　　　　(20)　　　　(21)

（20）じゅんび　　　１　準備　　　２　勉強　　　３　潷備　　　４　准備

（21）つかれた　　　１　疲れた　　２　倦れた　　３　終れた　　４　分かれた

とい４　ちちは　スペインのおんがくが　すきだ。
　　　　(22)　　　　　　　　　　(23)

（22）ちち　　　　　１　父　　　　２　母　　　３　妹　　　４　姉

（23）おんがく　　　１　音学　　　２　音岳　　　３　音楽　　　４　声楽

とい５　あした　きたの　いりぐちで　あいましょう。
　　　　　　　(24)　　　(25)

（24）きた　　　　　１　北　　　　２　西　　　３　東　　　４　南

(25) いりぐち　　　1　出口　　　2　入口　　　3　人口　　　4　出た

もんだいⅢ　　　　　　　の　ところに　なにを　いれますか。1・2・3・
　　　　　　　　4から　いちばん　いい　ものを　ひとつ　えらびなさい。

(26)　「のどが　　　　　　　ね。」
　　　「なにか　のみたい？」
　　　1　いたい　　　　2　かわいた　　　3　いい　　　　　4　かわいい

(27)　このこうえんは　ひとが　　　　　　ですね。
　　　1　まずい　　　　2　たかい　　　　3　しろい　　　　4　すくない

(28)　あ、ひが　　　　　　　います。だいじょうぶですか。
　　　1　きえて　　　　2　けして　　　　3　きって　　　　4　けって

(29)　「ゆうびんきょくは　どこに　ありますか。」
　　　「このはしを　わたると、　　　　　　に　ありますよ。」
　　　1　みきがわ　　　2　みぎかわ　　　3　みぎがわ　　　4　みき

(30)　いけに　さかなが　　　　　　いません。
　　　1　いっぽんも　　　　　　　　　2　いっぴきも
　　　3　いっそくも　　　　　　　　　4　いっかいも

もんだいⅣ ＿＿＿＿の ぶんと だいたい おなじ いみのぶんは ど
れですか。1・2・3・4から いちばん いい ものを
ひとつ えらびなさい。

(31) わたしは あめが すきだ。

  1 わたしは カレーが すきです。

  2 わたしは あまいものが すきです。

  3 わたしは からいものが すきです。

  4 わたしは やすみが ほしいです。

(32) ははは いぬやねこが きらいです。

  1 ははは ねこだけが ほしい。

  2 ははは ペットを なんびきも かって います。

  3 ははは ペットは すきじゃない。

  4 ははは いぬしか すきじゃない。

(33) 「すみません、にひゃくごじゅうえんのきってを さんまい おね
   がいします。」

  1 ここは ゆうべんきょくです。

  2 ここは ゆうびんきょくです。

  3 ここは はなやです。

  4 ここは とけいやです。

(34) わたしは　まいあさ　はやく　おきます。

　　1　わたしは　まいあさ　くじに　おきます。

　　2　わたしは　まいあさ　じゅうじに　おきます。

　　3　わたしは　まいあさ　ろくじに　おきます。

　　4　わたしは　まいあさ　ろくじに　ねます。

(35)　「おかあさん、おやすみなさい。」

　　1　いま　あさです。

　　2　もうすぐ　くらくなります。

　　3　いまは　ごご　ごじです。

　　4　いま　よるのじゅういちじです。

第一回

(1)	(2)	(3)	(4)	(5)	(6)	(7)	(8)	(9)	(10)
2	1	4	3	2	1	2	3	4	2
(11)	(12)	(13)	(14)	(15)	(16)	(17)	(18)	(19)	(20)
1	4	3	1	2	4	2	3	4	3
(21)	(22)	(23)	(24)	(25)	(26)	(27)	(28)	(29)	(30)
2	4	2	4	2	3	3	4	4	2
(31)	(32)	(33)	(34)	(35)					
3	2	3	4	3					

第二回

(1)	(2)	(3)	(4)	(5)	(6)	(7)	(8)	(9)	(10)
3	2	1	3	2	4	4	3	1	3
(11)	(12)	(13)	(14)	(15)	(16)	(17)	(18)	(19)	(20)
4	2	2	2	3	2	3	2	1	2
(21)	(22)	(23)	(24)	(25)	(26)	(27)	(28)	(29)	(30)
1	1	3	2	1	3	3	2	2	1
(31)	(32)	(33)	(34)	(35)					
3	3	2	3	3					

第三回

(1)	(2)	(3)	(4)	(5)	(6)	(7)	(8)	(9)	(10)
3	2	2	2	3	1	4	4	1	2
(11)	(12)	(13)	(14)	(15)	(16)	(17)	(18)	(19)	(20)
3	2	1	3	1	2	3	2	4	1
(21)	(22)	(23)	(24)	(25)	(26)	(27)	(28)	(29)	(30)
1	1	3	1	2	2	4	1	3	2
(31)	(32)	(33)	(34)	(35)					
2	3	2	3	4					

N5 文字・語彙

―附錄―

學習建議：本附錄主要包含「**時間**」、「**量詞**」等的
補充。在歷年考題中「**時間**」、「**量詞**」
除「**文字・語彙**」會出現外，在「**聽解**」
考題中也是必出的重點。所以建議學習者
務必了解「**時間**」、「**量詞**」所表示的
「**時間、對象**」的用法，應並重發音與聽
音的能力，以期建立活用式的學習。

1．時間

◎早、午、晚

日文單字	中文意義	日文單字	中文意義
<ruby>朝<rt>あさ</rt></ruby>	早上	<ruby>毎朝<rt>まいあさ</rt></ruby>	每天早上
<ruby>今朝<rt>けさ</rt></ruby>	今天早上	<ruby>今晩<rt>こんばん</rt></ruby>	今天晚上
<ruby>昼<rt>ひる</rt></ruby>	中午；白天	<ruby>昼間<rt>ひるま</rt></ruby>	白天
<ruby>晩<rt>ばん</rt></ruby>	晚上	<ruby>夜<rt>よる</rt></ruby>	晚上
<ruby>午前<rt>ごぜん</rt></ruby>	上午	<ruby>午後<rt>ごご</rt></ruby>	下午
<ruby>毎日<rt>まいにち</rt></ruby>	每天	<ruby>毎晩<rt>まいばん</rt></ruby>	每天晚上

◎今、明、後

日文單字	中文意義	日文單字	中文意義
<ruby>今日<rt>きょう</rt></ruby>	今天	<ruby>明日<rt>あした</rt></ruby>	明天
あさって	後天	きのう	昨天
おととい	前天		

★充電站

日文的名詞、形容詞、動詞等，會因為時間的「未來、現在、過去」的不同，而有時態上的改變。

◎～點鐘

～時（～點）	～分（～分）	
いちじ 一時	いっぷん 一分	じゅうよんぷん 十四分
にじ 二時	にふん 二分	じゅうごふん 十五分
さんじ 三時	さんぷん 三分	にじゅっぷん　　にじっぷん 二十分；二十分
よじ 四時	よんぷん 四分	さんじゅっぷん　　さんじっぷん 三十分；三十分
ごじ 五時	ごふん 五分	はん 半
ろくじ 六時	ろっぷん 六分	★充電站
しちじ 七時	しちふん　ななふん 七分；七分	ちょうど
はちじ 八時	はっぷん 八分	（剛好；正好）
くじ 九時	きゅうふん 九分	～過ぎ（超過～） す
じゅうじ 十時	じゅっぷん　じっぷん 十分；十分	～前（～之前） まえ
じゅういちじ 十一時	じゅういっぷん 十一分	～が進んでいます すす
じゅうにじ 十二時	じゅうにふん 十二分	（快了～） ～が遅れています おく
なんじ 何時	なんぷん 何分	（慢了～）

◎ ～小時

～時間　（～個小時）	～分（間）　（～分鐘）	
一時間 (いちじかん)	一分（間） (いっぷん　かん)	★充電站
二時間 (にじかん)	二分 (にふん)	■　～分鐘
三時間 (さんじかん)	三分 (さんぷん)	可以加或不加「間」(かん)
四時間 (よじかん)	四分 (よんぷん)	■　兩個半小時
五時間 (ごじかん)	五分 (ごふん)	二時間半 (にじかんはん)
六時間 (ろくじかん)	六分 (ろっぷん)	
七時間 (しちじかん)	七分；七分 (しちふん　ななふん)	
八時間 (はちじかん)	八分 (はっぷん)	
九時間 (くじかん)	九分 (きゅうふん)	
十時間 (じゅうじかん)	十分；十分 (じゅっぷん　じっぷん)	
十一時間 (じゅういちじかん)	十一分 (じゅういっぷん)	
十二時間 (じゅうにじかん)	十二分 (じゅうにふん)	
何時間 (なんじかん)	何分（間） (なんぷん　かん)	

・この時計(とけい)は　十分(じゅっぷん)　遅(おく)れています。

　（這個鐘慢了十分鐘。）

・今(いま)　十二時(じゅうにじ)五分前(ごふんまえ)です。

　（現在是十二點五分鐘前。）

・もう　一時間(いちじかん)　待(ま)ちましたよ。

　（已經等了一個小時了。）

◎月份、日期

月（月份）	日（日期）		
いちがつ 一月	ついたち 一日	じゅういちにち 十一日	にじゅういちにち 二十一日
にがつ 二月	ふつか 二日	じゅうににち 十二日	にじゅうににち 二十二日
さんがつ 三月	みっか 三日	じゅうさんにち 十三日	にじゅうさんにち 二十三日
しがつ 四月	よっか 四日	じゅうよっか 十四日	にじゅうよっか 二十四日
ごがつ 五月	いつか 五日	じゅうごにち 十五日	にじゅうごにち 二十五日
ろくがつ 六月	むいか 六日	じゅうろくにち 十六日	にじゅうろくにち 二十六日
しちがつ 七月	なのか 七日	じゅうしちにち 十七日	にじゅうしちにち 二十七日
はちがつ 八月	ようか 八日	じゅうはちにち 十八日	にじゅうはちにち 二十八日
くがつ 九月	ここのか 九日	じゅうくにち 十九日	にじゅうくにち 二十九日
じゅうがつ 十月	とおか 十日	はつか 二十日	さんじゅうにち 三十日
じゅういちがつ 十一月			さんじゅういちにち 三十一日
じゅうにがつ 十二月			
なんがつ 何月	なんにち 何日		

◎月數、天數（幾個月、幾天）

～か月（～個月）	～日（～天）		
いっげつ 一か月	いちにち 一日	じゅういちにち 十一日	にじゅういちにち 二十一日
にげつ 二か月	ふつか 二日	じゅうににち 十二日	にじゅうににち 二十二日
さんげつ 三か月	みっか 三日	じゅうさんにち 十三日	にじゅうさんにち 二十三日
よんげつ 四か月	よっか 四日	じゅうよっか 十四日	にじゅうよっか 二十四日
ごげつ 五か月	いつか 五日	じゅうごにち 十五日	にじゅうごにち 二十五日
ろっげつ　はんとし 六か月；半年	むいか 六日	じゅうろくにち 十六日	にじゅうろくにち 二十六日
しちげつ　ななげつ 七か月；七か月	なのか 七日	じゅうしちにち 十七日	にじゅうしちにち 二十七日
はちげつ　はっげつ 八か月；八か月	ようか 八日	じゅうはちにち 十八日	にじゅうはちにち 二十八日
きゅうげつ 九か月	ここのか 九日	じゅうくにち 十九日	にじゅうくにち 二十九日
じゅうげつ 十か月	とおか 十日	はつか 二十日	さんじゅうにち 三十日
じゅういっげつ 十一か月			さんじゅういちにち 三十一日
じゅうにげつ 十二か月			
なんげつ 何か月	なんにち　かん 何日（間）		

111

◎週、月、年

日文單字	中文意義	日文單字	中文意義
こんしゅう 今週	這星期	らいしゅう 来週	下星期
らいしゅう さ来週	下下星期	せんしゅう 先週	上個星期
せんせんしゅう 先々週	上上星期		
こんげつ 今月	這個月	らいげつ 来月	下個月
らいげつ さ来月	下下個月	せんげつ 先月	上個月
せんせんげつ 先々月	上上個月		
ことし 今年	今年	らいねん 来年	明年
らいねん さ来年	後年	きょねん 去年	去年
おととし	前年		

◎星期

日文單字	中文意義	日文單字	中文意義
げつようび 月曜日	星期一	かようび 火曜日	星期二
すいようび 水曜日	星期三	もくようび 木曜日	星期四
きんようび 金曜日	星期五	どようび 土曜日	星期六
にちようび 日曜日	星期日	なんようび 何曜日	星期幾

２．量詞

◎いくつ－用於數東西

| ひと
一つ | ふた
二つ | みっ
三つ | よっ
四つ | いつ
五つ |
| むっ
六つ | なな
七つ | やっ
八つ | ここの
九つ | とお
十 |

いくつ

◎何人（なんにん）－用於數人數

| ひとり
一人 | ふたり
二人 | さんにん
三人 | よにん
四人 | ごにん
五人 |
| ろくにん
六人 | しちにん／ななにん
七人／七人 | | はちにん
八人 | きゅうにん
九人 | じゅうにん
十人 |

なんにん
何人

◎何歳（なんさい）－用於數歲數

| いっさい
一歳 | にさい
二歳 | さんさい
三歳 | よんさい
四歳 | ごさい
五歳 |
| ろくさい
六歳 | ななさい
七歳 | はっさい
八歳 | きゅうさい
九歳 | じゅっさい／じっさい
十歳／十歳 |

なんさい
何歳　※はたち
※二十歳

◎何階（なんがい）－用於數樓層

| いっかい
一階 | にかい
二階 | さんがい
三階 | よんかい
四階 | ごかい
五階 |
| ろっかい
六階 | ななかい
七階 | はっかい
八階 | きゅうかい
九階 | じゅっかい／じっかい
十階／十階 |

なんがい
何階

◎何本－用於數瓶瓶罐罐或尖而長的東西
なんぼん

（如：筆、瓶裝或罐裝咖啡、啤酒罐、領帶、香菸…等）

一本	二本	三本	四本	五本
いっぽん	にほん	さんぼん	よんほん	ごほん
六本	七本	八本	九本	十本／十本
ろっぽん	ななほん	はっぽん	きゅうほん	じゅっぽん じっぽん

何本
なんぼん

◎何冊－用於數書籍
なんさつ

一冊	二冊	三冊	四冊	五冊
いっさつ	にさつ	さんさつ	よんさつ	ごさつ
六冊	七冊	八冊	九冊	十冊／十冊
ろくさつ	ななさつ	はっさつ	きゅうさつ	じゅっさつ じっさつ

何冊
なんさつ

◎何回－用於次數
なんかい

一回	二回	三回	四回	五回
いっかい	にかい	さんかい	よんかい	ごかい
六回	七回	八回	九回	十回／十回
ろっかい	ななかい	はっかい	きゅうかい	じゅっかい じっかい

何回
なんかい

◎何杯－用於杯數或碗數
なんばい

一杯	二杯	三杯	四杯	五杯
いっぱい	にはい	さんばい	よんはい	ごはい
六杯	七杯	八杯	九杯	十杯／十杯
ろっぱい	ななはい	はっぱい	きゅうはい	じゅっぱい じっぱい

何杯
なんばい

◎何個－用於數小東西

いっこ	にこ	さんこ	よんこ	ごこ
一個	二個	三個	四個	五個
ろっこ	ななこ	はっこ	きゅうこ	じゅっこ／じっこ
六個	七個	八個	九個	十個／十個

なんこ
何個

◎何足－用於數成雙成對的東西

（如：鞋子、襪子…等）

いっそく	にそく	さんぞく	よんそく	ごそく
一足	二足	三足	四足	五足
ろくそく	ななそく	はっそく	きゅうそく	じゅっそく／じっそく
六足	七足	八足	九足	十足／十足

なんぞく
何足

◎何枚－用於數紙張或扁平面薄的東西

（如：紙張、玻璃片…等）

いちまい	にまい	さんまい	よんまい	ごまい
一枚	二枚	三枚	四枚	五枚
ろくまい	しちまい／ななまい		はちまい	きゅうまい	じゅうまい
六枚	七枚／七枚	八枚	九枚	十枚

なんまい
何枚

◎何台－用於數機器、車輛

いちだい	にだい	さんだい	よんだい	ごだい
一台	二台	三台	四台	五台
ろくだい	ななだい	はちだい	きゅうだい	じゅうだい
六台	七台	八台	九台	十台

なんだい
何台

◎何匹（なんびき）－用於數魚、狗、貓等小型的動物

いっぴき	にひき	さんびき	よんひき	ごひき	
一匹	二匹	三匹	四匹	五匹	

ろっぴき	ななひき	はっぴき	きゅうひき	じゅっぴき	じっぴき
六匹	七匹	八匹	九匹	十匹／	十匹

なんびき
何匹

◎何着（なんちゃく）－用於數衣服

いっちゃく	にちゃく	さんちゃく	よんちゃく	ごちゃく	ろくちゃく
一着	二着	三着	四着	五着	六着

ななちゃく	はっちゃく	きゅうちゃく	じゅっちゃく	じっちゃく	
七着	八着	九着	十着／	十着	

なんちゃく
何着

◎何番（なんばん）－用於數號碼

No.

いちばん	にばん	さんばん	よんばん	ごばん
一番	二番	三番	四番	五番

ろくばん	ななばん	ななばん	きゅうばん	じゅうばん
六番	七番	八番	九番	十番

なんばん
何番

◎何軒（なんげん）－用於數房子

いっけん	にけん	さんげん	よんけん	ごけん	
一軒	二軒	三軒	四軒	五軒	

ろっけん	ななけん	はっけん	きゅうけん	じゅっけん	じっけん
六軒	七軒	八軒	九軒	十軒／	十軒

なんげん
何軒

參考資料

1．国際交流基金、日本国際教育支援協会
　　「日本語能力試験出題基準」凡人社

2．獨立行政法人國際交流基金會、財團法人日本國際教育協會
　　「日本語能力測驗考古題・4級（2001~2002）」

3．獨立行政法人國際交流基金會、財團法人日本國際教育協會
　　「日本語能力測驗考古題・4級（2003）」

4．（日本）スリーエーネットワーク
　　「大家的日本語　初級Ⅰ」大新書局

5．国際交流基金、日本国際教育支援協会
　　「新しい『日本語能力試験』ガイドブック概要版と問題例集N4,N5」
　　凡人社

6．国際交流基金、日本国際教育支援協会
　　「日本語能力試験JLPT　公式問題集N5」凡人社

7．插圖設計：絕優資訊軟體有限公司　授權

作者簡歷　　李宜蓉

學歷

中國文化大學日本語文學研究所　文學碩士

日本關西大學商學部　商學士

現任

致理技術學院應用日語系、台灣警察專科學校海巡科、台北市松山社區大學、中國文化大學推廣教育部、實踐大學推廣教育部之兼任日文講師

台北市私立育達高級商業家事職業學校　兼任日文教師

行政院勞工委員會職業訓練局　日文訓練講師

經歷

中華科技大學財金系、銘傳大學應用日文系、大同大學日文教學組之兼任日文講師

台北縣立明德中學、台北縣立清水中學補校之第二外語教師

青山外語、東方日語、地球村等語言補習班之日文教師

臺灣銀行總行特聘日文教師

已發表論文之代表作

1.（碩論）雙語教育適齡期之研究─以日本公立小學之英語教育為例─

2.觀光日語課程教材與觀光相關領域之實務日語使用狀況之比較與課程教學內容之探討

3.応用日本語における創意教授法の試み─「動詞」、「い形容詞」、「な形容詞」を例に

4.限られた時間で何をどこまで教えるか

主要著作

「日本語能力檢定系列─4級檢定文字、語彙突破」，2005.8，鴻儒堂

「日本語能力檢定系列─4級檢定文法、表現突破」，2005.9，鴻儒堂

翻譯作品

「N1（一級）聽解練習帳：新日本語能力測驗對策」　2011，鴻儒堂

e-mail：teacheryvonnelee@hotmail.com（若有任何指教歡迎網上聯絡）

國家圖書館出版品預行編目資料

N5檢定 ： 文字、語彙突破 ： 系統化日語學習的魔
法書 / 李宜蓉編著. — 初版. — 臺北市 ： 鴻
儒堂，民102.09
　　面；　　公分
　　ISBN 978-986-6230-21-9(平裝)

　　1.日語　2.詞彙　3.能力測驗

803.189　　　　　　　　　　　　　102015850

新日本語能力測驗對策

Ｎ５檢定　文字・語彙　突破

系統化日語學習的魔法書

定價：250元

2013年（民102年）　9月初版一刷

本出版社經行政院新聞局核准登記

登記證字號：局版臺業字1292號

著　　　者：李　宜　蓉

發　行　所：鴻儒堂出版社

發　行　人：黃　成　業

門市地址：台北市中正區漢口街一段35號3樓

電　　　話：02-2311-3810／傳　　真：02-2331-7986

管　理　部：台北市中正區懷寧街8巷7號

電　　　話：02-2311-3823／傳　　真：02-2361-2334

郵政劃撥：0 1 5 5 3 0 0 1

E - m a i l：hjt903@ms25.hinet.net

鴻儒堂出版社設有網頁，歡迎多加利用
網址：http://www.hjtbook.com.tw